集英社オレンジ文庫

青の女公

喜咲冬子

本書は書き下ろしです。

青の女公

Contents

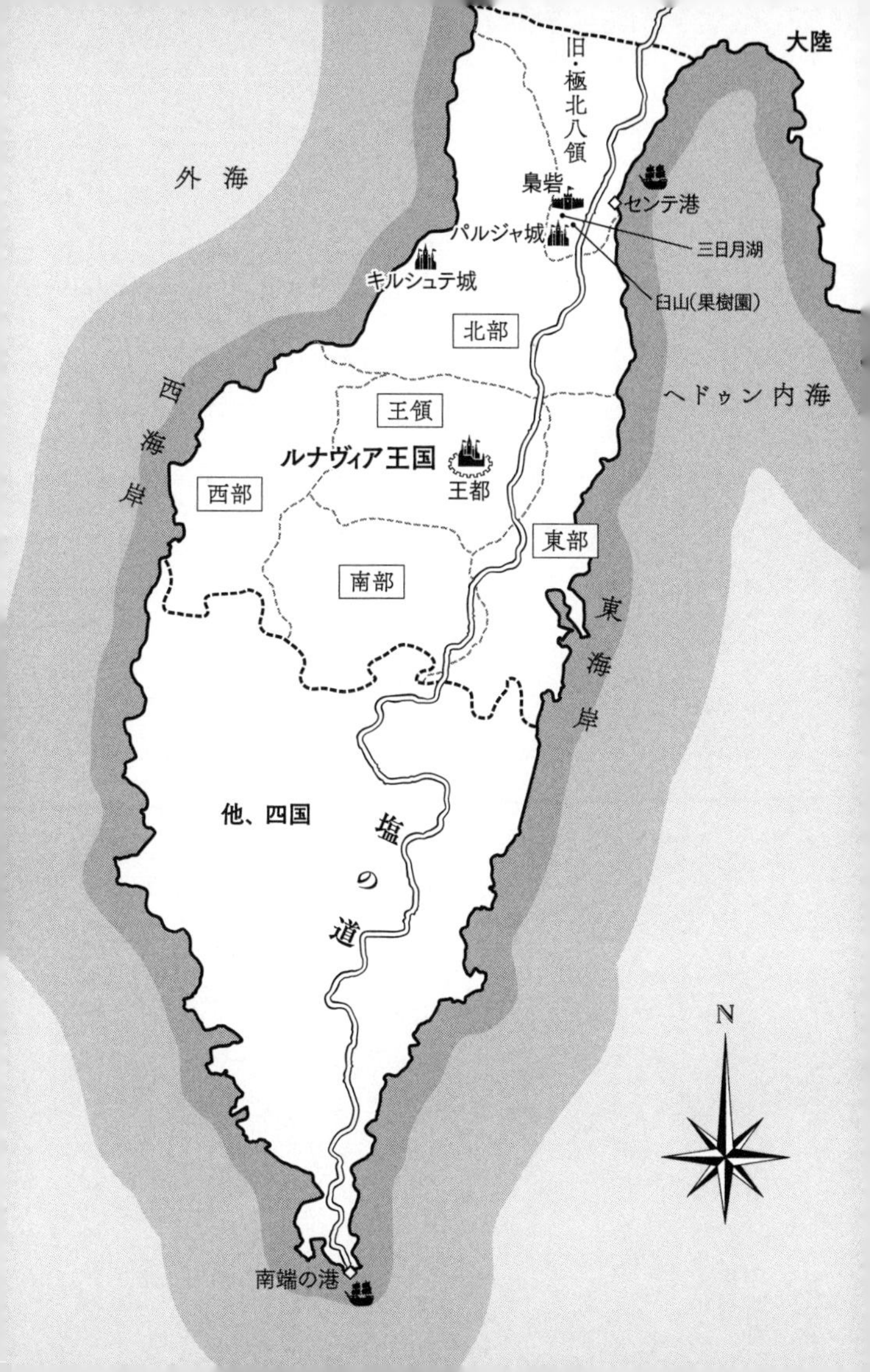
大陸
旧・極北八領
外海
梟砦
センテ港
パルジャ城
三日月湖
キルシュテ城
臼山（果樹園）
北部
ヘドゥン内海
西海岸
王領
ルナヴィア王国
王都
西部
東部
南部
東海岸
他、四国
塩の道
N
南端の港

青月の女公

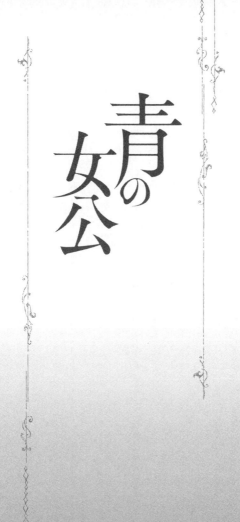

序　キルシュテの金狼

――王女と王子の仲を取り持ち、世継ぎ誕生の後押しをせよ――

との命令を受けた時、リディエ・カイエンは、

「無理よ！」

と即座に答えた。

神暦八九五年、秋。ルナヴィア国王の第一子・スキュイラ王女は、北部最大のノーツェ領を治めるウロス公の公子・ヴァシルを婿《むこ》として迎えた。

一つ、いかなる時も互いを守り、慈《いつく》しむこと。

二つ、不貞を行わず、互いを敬《うやま》うこと。

婚姻《こんいん》の誓約書に二人が署名をした日から、半年余り。

若い夫婦は、いまだ一度も会話をしたことがない――らしい。寝室も婚儀の夜から別々。窘《たしな》めるべき国王は病がち。王妃は数年前に亡くなった。重臣らも見て見ぬふり。

そんな状況を打開する術《すべ》など、リディエは持ちあわせてはいない。

「貴女《あなた》にしかできないわ、リディエ」

同僚のキーラは、黒曜石《こくよう》に似た瞳でリディエを見つめる。

黒く艶《つや》やかな髪と、深く黒い瞳。背は高く、肌は白い。二人の娘は、ともに強く北部——とりわけ極北に古くから住む人々の特徴を備えていた。

紺《こん》の草花模様のコタルディは、王宮の女官の制服だ。髪も同じ形に結い上げてある。二人は姉妹のように見えた。

「無茶言わないで。不可能だわ。私、ただの秘書官よ？」

「やるしかないわ。ノーツェ領邸《りょうてい》がそう言っているのですもの。将軍の命令よ？　クビになったら困るでしょう？　家族だって養わなくちゃいけないんだし。妓楼《ぎろう》で働くより、ずっとマシじゃない。いざとなったら、媚薬《びやく》でも盛ったらいいわ」

リディエは、睫毛《まつげ》を何度か忙《せわ》しなく上下させた。長く、くっきりと瞳を縁取る黒い睫毛は、まばたきの度にそよ風でも呼びそうだ。

キーラは「連帯責任ですって」とダメ押しをする。

無茶な命令を押しつけておいて、失敗の責は家族や仲間にも被せる。雇い主のいつものやり方だ。リディエは、それが好きではない。

キーラの結い上げられた黒い髪は、薔薇《ばら》の咲く美しい庭園に消えていく。

「嘘《うそ》でしょう？」

小さく呟《つぶや》くと、リディエは額《ひたい》を押さえた。

——ここは、セィウス半島五国のうち、大陸に繋《つな》がる北半分を占めるルナヴィア王国の王宮・ラーベル宮殿である。半島一と称《たた》えられる庭園は、最も華やかな季節を迎えようとしていた。

セィウス半島では、古くから黒髪の人々が興《おこ》した多くの国々が栄え、かつ消えてきた。とりわけ激しい戦《いくさ》を繰り返す、血の五百年を経《へ》た半島に、同じく動乱が続いていた大陸から、金の髪の人々が次々と内海を渡ってきたのが二百年前。黒髪の人々は極北へと追いやられ、大陸に祖を持つ五国による統治がはじまった。

ルナヴィアは、この五国のうち最後に建てられた国で、祖は大陸の伝統ある強国だ。征服の十年。内乱の十年。対外戦争の十年。再び内乱の十年。多くの国難を越え、半島で最も大きく、最も強く、最も豊かな大国へと成長した。

ラーベルの青き薔薇——というのが、この大国の王女の美称である。

ルナヴィア国王・ソーン四世の長女・スキュイラ。年齢は十八歳。リディエとは同年の生まれだ。陶器のようにまろやかで、内から輝く肌は宮廷絵師の筆を折らせたとの逸話も残る。青い瞳は宝玉に、艶やかな淡い金の髪は月光に、笑みは春の女神にたとえられた。

——華やかな笑い声が、聞こえてくる。

庭園の白い石畳《いしだたみ》の上を、麗《うるわ》しきラーベルの青き薔薇が、トレーンを波打たせながら歩いていた。瞳の色と同じ、青いコタルディは遠目にも鮮やかだ。

スキュイラの横で日傘をさしているのは、背の高い、栗《くり》色の巻き毛の青年だ。

後ろについて歩くのは、やはり容姿の優れた青年たち。彼らは大抵数人で、スキュイラの周囲に侍《はべ》っている。

(いつものごとく、蜂《はち》の会の方たちとご一緒なのね)

彼らは美しき薔薇の周りを飛ぶ蜂のようだ——との印象から、蜂の会、とまとめて呼ばれていた。ルナヴィア王国議会への出席資格のある高官や、王領の荘主の子息たち。彼らの多くは、大陸から来た血筋を示す金の髪をしていた。その中に一人、リディエやキーラと同じ、黒髪の青年がいる。彼も極北から来た仲間だが、今や王女の取り巻きだ。

十八歳の見目麗しい王女と、眉目《びもく》秀麗な良家の子息たち。

晴れた日は美しい庭園を歩き、四阿《あずまや》で紅茶を飲みながら議論を交わしあう。それがスキュイラの日常の一部であった。

「あぁ、ヴァシル殿下が——」

「まただわ。……見てられない。行きましょう」

少し離れたところにいた宮廷女官たちが、ひそひそと話をしている。

ちらりと庭を見れば、四阿に人影があった。

眉目秀麗という言葉が、彼ほど相応《ふさわ》しい者もいないだろう。すらりと背が高く、黄金色の長い巻き毛は夏の輝く陽光に似ている。

赤狐《あかぎつね》のストールに、厚い膝丈《ひざ》のダブレット。北部人らしい装束である。

――ヴァシル王子だ。

ルナヴィア王国は、中心部の王領を囲む形で東西南北に土地が分かれている。それぞれの地域には複数の領があり、国王の封じた領主たちが治めていた。

そのうち、北部最大の勢力を誇るのがウロス公の治めるノーツェ領だ。ヴァシル王子は、昨年秋に婿入りしてきたウロス公の第三公子。年齢は十九歳。ソーン四世の子息ではないが、婚姻によってルナヴィア王国の王子となった。

スキュイラが、ヴァシルに気づく。

ヴァシルは、優雅に礼をした。ごきげんよう。四阿でゆっくりおしゃべりでもしませんか？　とばかりに。

――ところが。

「今日は、春陽《しゅんよう》の間で話したいわ。――行きましょう」

スキュイラは青いコタルディのトレーンをひらめかせ、夫に背を向けた。

もちろん、スキュイラが話しかけたのは夫にではない。蜂の会の面々にだ。

蜂の会の青年たちも背を向け、誰一人、ヴァシルに会釈《えしゃく》さえしなかった。

(見なきゃよかった。……気が滅入るわ)

後悔を抱えつつ、リディエは目をそらす。

ラーベル宮殿は優美な建物だ。欠けもなく整然と並ぶ赤茶のレンガが美しい。それに、この庭園の見事な薔薇。淡い象牙《ぞうげ》色の石畳。視線を向ける場所には事欠かない。

見ない方がいい、と思いつつも、ちらりと四阿に目をやれば——案の定、肩を落としたヴァシルの姿が見え——目が、ぱちりとあう。

リディエは、会釈をした。

ヴァシルはハンカチで目元を押さえ、それから、にこりと笑む。痛々しい。

リディエの雇い主は、王子の実父だ。ノーツェ領主・ウロス公。

直接の上司は、王都にあるノーツェ領邸を統括《とうかつ》するハネ将軍である。

仕事は、秘書官としての通常業務に加え、婿入りしたヴァシルの様子を連絡係のキーラに伝えることだ。

ヴァシルが涙を隠したのは、ウロス公へ報告されたくない一心だろう。

「リディエ。貴女も散歩か？」

笑顔のまま、ヴァシルが近づいてくる。

——キルシュテの金狼《きんろう》。

彼がノーツェ領にいた頃、その容姿を称えるのに使われた名だ。キルシュテはノーツェ領の主城で、難攻不落の要塞として知られている。

その金の巻き毛も、今はしおれて見えた。菫《すみれ》色の瞳に輝きはない。心の憂《うれ》いは、人の印象を大きく変えるものらしい。

「——はい。殿下におかれましては、ご機嫌麗しく」

「麗しくはないが……まぁ、どうか内密に」

新婚の妻から、派手に無視をされたばかりだ。機嫌のよかろうはずもない。

失敗した、と思ったがもう遅い。女官登用試験には主席合格したものの、人の思惑が交錯する王宮づとめに、無骨で知られた極北人は向いていないように思う。

「承知いたしました」

「スキュイラ様に手紙でも書こうと思うのだが……手は空いているか？」

リディエは快諾《かいだく》した。妻に歩み寄ろうという姿勢が見える。よい傾向だ。

だが——薔薇の庭園を抜け、宮殿内の南にある書斎に入り、机に向かうリディエは、もうこの流れの結末を知っている。呼ばれ、書斎に行き、机に向かい、ペンを取る。——それで終わりだ。こちらも慣れたもので、インク壺《つぼ》は開けていない。

ヴァシルは、窓辺の長椅子《いす》に座ったまま、虚《うつ》ろな目で窓の外を見るばかり。

書こう。書くべきだ。書かねば——とは思っているはずだ。だが、言葉がつむがれたためしは一度としてなかった。

（こんな夫婦の仲を取り持つなんて不可能よ。——絶対に無理だわ）

ペンを握ったまま、リディエは羊皮紙を見つめる。

母、兄、妹。家族の暮らしは、リディエが支えている。母は病。兄は戦で片足を失い、妹はまだ幼い。夫妻の不仲の責任など取らされては、一家揃《そろ》って路頭に迷う。

極北の動乱で家を失った貴族の娘の多くは、妓楼に売られていった。仕事があるだけ、リディエやキーラは恵まれている。

だが、それも領邸の理不尽な要求のせいで失われようとしていた。

（帰りたい）

――ガラエル領に、ウロス公率いるノーツェ領軍が侵攻したのは、三年前だ。

領主は、国王から領に封じられる際、誓約書を交わす。

一つ、王家への忠誠を須《すべか》らく示すべし。

二つ、私の闘争を厳に禁ず。

三つ、法の神を奉じ敬うこと。

領主が、国王の許可なく他領に攻め込むことは私の闘争にあたる。

人が守るべき倫理を、法と呼ぶ。誓約も法である。ルナヴィア王国で最も信奉される法の神は、背法者を許さない。

ところが、ウロス公は王家への反逆の疑いあり、と極北の領主に罪を着せ、領への侵攻をはじめた。冤罪《えんざい》である。本来ならば国王が介入し、ウロス公の地位を剝奪《はくだつ》し、私財を没収すべき事態だ。

だが、十年前にはじまった極北八領への侵攻に対し、ソーン四世は沈黙した。最後の一領となったガラエル領が滅びるまで、ずっと。

戦に破れ、城門に吊るされたガラエル領主が、リディエの父だ。その横で一緒に吊るされたのが、上の兄であった。

上の妹は流れ矢にあたって死に、弟は行方知れず。

リディエは命からがら逃げ、生き延びた家族と北部の鬱蒼《うつそう》とした森の中を逃げた。その一年後、ノーツェ領兵によって捕縛されている。処刑を覚悟したが、殺されはしなかった。代わりに命じられたのが、王宮での仕事だった。訓練ののち、ヴァシルの婿入りに先行してラーベル宮殿で働きはじめた。家族は人質として、王都内にいる。任期は、あと五カ月。もうすぐ故郷に帰れるはずだった。

帰りたい。家族に、雪を頂く高い峰々をもう一度見せたい。あの、湖をわたる澄んだ風。どこまでも広がる豊かな森。

「どうして……」

ヴァシルの声が聞こえ、リディエはハッと顔を上げた。

それが、やっと絞り出した手紙の書き出しか、と思ったのだが。

どうして――と繰り返しているのは、手紙の書き出しではなさそうだ。

（このままじゃ、私は故郷に帰れないわ。……ヴァシル様がスキュイラ様に愛される日なんて、絶対に来ないもの）

リディエの、ヴァシルに対する感情は、複雑である。

ヴァシルの父親は、リディエの父と兄の仇《かたき》だ。忠臣も、兵士も、民も、ウロス公の侵攻によって多くが死んだ。仇、という言葉だけでは足りない。ひたすらに憎い男である。

残虐公《ざんぎゃくこう》。その苛烈《かれつ》な侵略を繰り返した男を、そう人は呼ぶ。

リディエが今、こうして生きている理由の半分は、残虐公への憎悪だ。

そんな相手に仕えているのは、残る半分の生きる理由のためである。家族のため。故郷に帰るため。それだけだ。

リディエには、婚約者がいる。

もう婚姻の誓約書にサインはしてある。任期が明けたのちに、その誓約書はノーツェ領の小神殿へと提出されるはずだ。

旧ガラエル領は、三年前にノーツェ領に吸収された。

領主は、領内の城の城主を任じる権限を持つ。城を中心とした土地が荘と呼ばれている。

極北の領も、今は分割されてノーツェ領下の荘となった。

リディエの婚約者は、五つに分割された旧ガラエル領のうち、南ガラエル荘の荘主の息子だ。名は、なんといったか。あまり記憶にない。

この三年、極北の旧領では反乱が頻発《ひんぱつ》している。金髪の荘主たちは、統治のために旧家の黒髪の娘を求めていた。だから、反逆者の娘であるはずのリディエでも、故郷に帰る道を得たのだ。

――帰りたい。家族と共に帰りたい。

その強い衝動には、どうしても逆らえなかった。

「殿下。手紙もよろしいですが、お花など贈られるのはいかがでしょう?」

リディエは笑顔で、ヴァシルにやんわりと提案をした。

秘書官の職分は、手紙を書く、と言われた時に、羊皮紙とペンを準備すること。指示された内容を書くだけだ。手紙以外の贈り物の提案など、越権も甚《はなは》だしい。

だが、やれと言われれば、やるしかない。

いつもそうだ。選択肢《し》は一つ、背後は切り立った断崖《だんがい》。

だが、家族のためにも、諦《あきら》めるわけにはいかない。諦めた者から、水底《みなぞこ》に沈んでいくのが世の定めだ。

「そう……だろうか。すぐに捨てられてしまいそうだ」

「手紙でしたら、開かずに燃やされて終わりです。けれど花ならば、贈るだけでお気持ちが伝わります」

「な、なるほど、たしかに、そうだ。そうしよう。花だ。最初からそうすればよかった」

ヴァシルは涙を拭《ぬぐ》い、明るい笑顔を見せた。

こんな一言に励まされるだけ、彼は孤独だったのだ。

気の毒に――とリディエは思った。

「手配いたします。ヴァシル様」

「なんと心強い味方を得たことか。助かった。リディエ、他には、どうしたらいいと思う？　どうか知恵を貸してくれ。……このまま飼い殺しにされてたまるか」

ヴァシルの口から、本音らしきものがこぼれた。

「私でよろしければ。微力ながら、お手伝いさせていただきます」

にこり、と笑んで、優雅に会釈をする。

――リディエ・カイエンの長い闘いのはじまりであった。

第一幕　ラーベルの青き薔薇

「前線ばかりが、戦場ではありません」

とリディエが言ったところ、ヴァシルは、

「これは戦《いくさ》か？」

とまばたきをしながら尋《たず》ねた。

リディエは、肩をすくめて「人生は戦です」と答えておいた。

男女の色恋に詳しくはないが、人と人との関係は、つきつめれば戦と同じである。

「現状は、旗色芳《かんば》しからず。まずは小さな勝利を積み重ねましょう」

ヴァシルの書斎は、ラーベル宮殿の二階の南端にある。

スキュイラの生母である王妃が、生前に使っていた書斎だそうだ。飴《あめ》色の長椅子《いす》とテーブルは、まろやかな猫脚《ねこあし》。暖炉《だんろ》の彫刻は、薔薇《ばら》に囲まれた春の女神。大陸産の絨毯《じゅうたん》は、春の庭園を思わせる色彩だ。

半島の他の国々が、大陸と喧嘩《けんか》別れしての半島進出だったのに対し、ルナヴィア王国は本国との関係を良好に保ってきた。セィウス半島一の強国になれたのも、この縁があればこそであった。縁を保つために、ルナヴィア王家は、大陸諸国と同じ神々を奉じている。そうした王国の歴史が、この部屋にはよく表れていた。

「……勝てば、王女の心が得られるだろうか？」

愛情は、熱気。嫌悪は、冷気。凍土で野火が起きることはない。だが、無理だろう、とは、口にしなかった。

「そればかりは愛の神のご意思でございますから、なんとも」

「無駄に終わるのではないか？　いや、きっと無駄だ。……かえって嫌われるかもしれない。これ以上嫌われようもないというのに！」

ヴァシルは窓辺に置かれた猫脚の椅子に座り、頭を抱えだした。

どんよりと暗雲を背負う様は見慣れているが、このままではこちらが困る。

「スキュイラ様の愛が城塔だといたしましょう。現状の軍で、闇雲《やみくも》に突撃を繰り返しても、たしかに無駄です」

「……辛辣《しんらつ》だな」

乱れた巻き髪を整えつつ、ヴァシルは顔を上げる。

「搦手《からめて》を用いましょう。正面からの突撃だけが攻撃ではありません」

ヴァシルは、リディエをじっと見つめている。

「父上に……なにか言われたのか？」

怪訝《けげん》そうにヴァシルが問う。

あの無茶な命令は、領邸《りょうてい》のハネ将軍から受けているが、同じことだ。

「左様でございます。――城塔を落とすことを目的とすれば負け戦は必至。ですが、城塔以外のすべてを味方につけることを目的とすれば、勝ちは見えます。なにをもって勝ちとするか。まずは選びましょう」

「どういうことだ？　つまり――」

「貴方《あなた》様が、スキュイラ様以外の国民すべてに愛されればよろしいのです。そうすれば、スキュイラ様もご夫君を無視できなくなりましょう」

リディエは、愛の女神ではない。

射られた者がたちまち恋に落ちる矢を持たぬ以上、スキュイラの心は変えられない。

そもそも王族の結婚は、政治である。

スキュイラは、ルナヴィア国王ソーン四世の第一子。王位継承権は第二位。第一位の弟は、まだ十二歳。父親に似て病弱でもある。

王太子はいまだ決まらず、決定は年明けと目されていた。

王国史上初の女王誕生を視野に入れ、スキュイラの夫を国内から選ぶことが決まったのが昨年のはじめのこと。選ばれたのが、ノーツェ領の第三公子だったヴァシルだ。

そちらの都合で選んでおきながら、この仕打ち。非は、スキュイラにある。彼女は神殿で互いを守り、慈《いつく》しむと法の神に誓ったのだから。事が広く知られれば、批判は避けられないはずだ。

つまり——愛さえ求めなければ、勝てる。リディエはそう算段をつけた。

コンコン、と扉が鳴る。

「失礼いたします。王女殿下にお贈りするお花をお持ちいたしました」

どうぞ、とリディエが答えれば、扉が開いて人が入ってきた——はずなのだが、視界に広がるのは、五十本はあろうかという真っ赤な薔薇の束。運ぶ者の顔さえ見えない。

ヴァシルは「これを贈るのか？」とひどく驚いていた。

形は大事だ。人は形で物を見る。

ヴァシルが、スキュイラを思う気持ちは、これで示されるだろう。

「あぁ、いいですね。理想的です。では、殿下にお届けしてください」

かしこまりました、と薔薇が動いて、去っていく。

「あれを毎日贈るのか……私には思いつかない作戦だ」

「花は、王室御用達《ごようたし》ではない農園に依頼しております。王都近郊の十カ所と契約いたしました。『ヴァシル王子が、スキュイラ王女のために贈る花を毎日ご所望になる』と。近隣では語り草になるでしょう」

この歪《いびつ》な構図がいつか絵画になる時、妻に無視されるのが、陰気な婿《むこ》であってはならない。高潔で、美しく、愛を惜しみなく妻に捧《ささ》げる魅力的な青年であるべきだ。

「……貴女《あなた》は、何者だ？　ただの秘書官ではないな」

「お疑いでしたら、一連の計画を却下していただいても構いません。今すぐにでも職分に戻ります。──では」

一礼して、リディエは扉に向かった。

その足が「待ってくれ」と呼び止められ、止まる。

「何者でも構わない。今は、貴女だけが頼りだ。王女の愛は諦《あきら》める。ただ……人として扱われればいい。貴女の方針に従おう」

リディエは「では、そのように。失礼いたします」と笑顔で会釈《えしゃく》をし、書斎を出た。

扉を背にして、ふぅ、とため息をつく。

(こんなところで、負けてたまるものですか！)

ただの秘書官であるはずがない。当然だ。

何者か、と問われれば、心の中だけでリディエはこう答える。

──ガラエル領のカイエン女公。

我こそが、あの美しい領の主である、という自負が、リディエにはある。

幼い頃から、父と共に領内を巡っていた。祖父から領の運営を学び、誰よりもガラエルをよく知っている。

カイエン家は、セィウス半島の極北に、血の五百年以前から続く一族だ。

二百年前、ルナヴィア王国への帰順をいち早く決め、極北の戦乱を避けた。その功をもってガラエル領を封じられ、三年前まで極北の南に勢力を保っていた。

ガラエルは、千年前からカイエン家の土地だ。

カイエン家の人間は、ガラエルに在《あ》らねばならない。

母は、いないはずの父に話しかけ、時に現実を思い出してはさめざめと泣く。

兄は、ずっと独り言を言っている。失った足のあった場所を叩きながら。

妹は、落城の日から一言も喋《しゃべ》らない。時折、声を殺して泣いている。

ガラエルの風は、きっと彼らの心も癒《いや》すだろう。

(必ず、帰ってみせる)

これまで、多くのものを失い続けてきた。これ以上、なにも失いたくない。

ラーベル宮殿の廊下を大股《おおまた》に歩きながら、リディエの黒い瞳は闘志に燃えていた。

リディエの行動は、早かった。

領邸からの命令を受けた三日後には、ヴァシルを宮殿の外へと連れ出している。

「ずいぶん遠くまで行くのだな。どこに向かっている？　王都を出てしまうぞ」

揺れる馬車の中で、ヴァシルが問う。

ヴァシルは、すでにリディエの指示通りの姿になっていた。

胸まであった黄金色の巻き毛は、首が見えるほど短く切ってある。赤狐《あかぎつね》のストールは外させ、分厚い膝《ひざ》丈のダブレットも、裾《すそ》にプリーツの入った腰丈のものに替えさせた。

北部の男が、毛皮もなしでは……とヴァシルはいったん抵抗を示した。

美しく豊かな毛皮のストールは、北部の男の地位と富の証《あかし》であるからだ。

だが、ここは北部ではない。北部流のやり方に固執していては、勝利は遠くなる一方である。

蜂《はち》の会の黒髪の青年――イアソンという名だ――などは、こちらに来て早々に髪を短くし、ストールも外している。その柔軟性は見習うべきだろう。

ヴァシルは結局、短い説得ののち、リディエの提案にすべて従った。

そうして服装や髪型を変えれば、ヴァシルは蜂の会にも見劣《みおと》りしなくなった。

「貧民窟《くつ》へ参ります。そこでヴァシル様は施しをなさってくださいませ」

「施し？　まさか、私がか？」

露骨に、ヴァシルは太い眉を寄せた。

ウロス公の極北侵攻は、十年前にはじまり、三年前に終わった。その後も苛政《かせい》は続き、王領に大量の流民を発生させている。ヴァシルの態度は無責任にも思えるが、驚くに値《あたい》しない。あのウロス公の息子だ。弱者を労《いたわ》る心など、持ちあわせていないだろう。

「はい。今後は十日に一度、欠かさず行っていただきます」

「金の出所は？」

「国王陛下より拝領した私荘の税からお支払いください。財務官に話は通してあります」

ヴァシルは、眉間《みけん》にシワを寄せ、不満そうな表情になった。

「私の金ではない。……私財は没収されたからな」

婿入りにあたり、ヴァシルは一切の私財とノーツェ領におけるあらゆる権利の放棄を、神々に誓っていた。

なにも狙《ねら》った機ではないが、王都の南側にある大神殿が、ちょうど窓から見える。荘厳《そうごん》な石造りの建物は、山のように聳《そび》えていた。

この神々は、ルナヴィア王家が大陸から連れてきた。

最も重んじられているのが、法の神だ。大神殿の大きな階段には、石像が置かれている。堂々たる体軀《たいく》の壮年の男が、秤《はかり》を掲げた姿だ。

幸せそうに微笑《ほほえ》みあう男女が、誓約書を手に大きな階段を上っていく。あちらは家族を亡くして届け出に来たのだろうか、一人うつむいて階段を下りる女もいる。

生まれた時、結婚や養子縁組の際、家族の死亡時。正しく届け出をし、法と誓約を守った者だけが、死後、天の国へ行ける。怠《おこた》れば、地獄《じごく》へ送られるという。

信心深い者は地獄行きを恐れるが、そうでない者が恐れるのは、地位の剝奪《はくだつ》と私財の没収の方かもしれない。

――誓約は王笏《おうしゃく》より堅し。

たとえ王族であろうと、神の前に例外はない。

不服も慎《つつし》むのが常だが、ヴァシルは婚姻《こんいん》の誓約への不満を態度に示した。下がった唇の端に、力がこもっている。

「もちろん、施しはすべてスキュイラ殿下のお名前でしていただきます」

リディエがにこりと笑めば、ヴァシルは眉を上げて「驚いた」と言った。

驚いた顔のまま、リディエを見つめ――

「なるほど……なんとなく、わかってきたぞ」

と言いながら、ぽん、と手を叩いた。

ヴァシルの兄たちは、武勇に優れ、極北侵攻において多くの城を落とし、領の拡大に貢献してきた。比べれば、当時若年だった彼の評価は高くない。歌や楽器をよくする美丈夫。宴《うたげ》の華。キルシュテの金狼《きんろう》について、リディエが知っているのはそれくらいだ。

だが、頭の回転の速い人である。もうヴァシルはリディエの方針を飲み込んだようだ。

「今後は、万事この調子でお願いいたします」

「よし、わかった。――わかったぞ、リディエ」

晴れやかな笑顔で、ヴァシルはリディエの手をぎゅっと握った。

顔、というのは、造形だけを指す言葉ではないのだろう。そうして目を輝かせていると、彼は魅力的な青年に見えた。虚《うつ》ろな目で、窓の外を眺めている時よりも、ずっと。

ただ、リディエは華やかな貴族に免疫《めんえき》がない。北部の——リディエの故郷である極北の男の多くは、家族の前でさえ滅多に笑わないものだ。

（人との距離が近い方よね。……南から来た金髪の貴族は、皆こんな感じなのかしら）

強い拒絶にならぬよう、そっと手を取り戻す。

ウロス家は、大陸南部から半島に渡ってきた一族だ。当初はルナヴィア南部を拠点にしていたが、百年ほど前の内乱鎮圧に功があり、北部の西のノーツェ領に封じられた。

千年続くカイエン家をはじめとした極北の旧家から見れば、異質な新興勢力である。いかに金の髪を長くし、立派な毛皮をまとおうと、その性質には大きな隔《へだ》たりがあった。北部の黒髪の男たちは、南から来た金髪の貴族を、軽薄だ、と嫌っていたものだが。

ヴァシルと接していると、その陰口《かげ》を思い出さずにはいられない。

やはり、自分たち極北旧領の人間と、南から来た人間とは相容れないのだろう。

「施しは、あくまで一時的なものでございます。長期的な計画については、改めてご相談させてくださいませ」

「是非《ぜひ》とも聞かせてくれ。もっと聞きたい。——今まで、私にそんな話をした者はいなかった。ただの一人もだ。……ありがとう、リディエ」

またヴァシルがリディエの手を取ろうとしたところで、馬車が止まった。

どうにも、このキルシュテ流が肌にあわない。逃げるように馬車から降りる。

扉を開けた途端に、複雑な臭気が濃くなった。

貧民窟である。当然ながら、誰も住みたがらない悪環境だ。

目の前に広がるのは暗く、じめじめとした、不潔な住宅街である。上を見ればいたるところに、縄がかけられ、洗濯後とは思えない黄ばんだ布が干されていた。下を見れば、力なく道端に横たわる人々がいる。

「作業は我々が行います。殿下はあちらの――階段の上でお待ちください」

空き箱の積まれた、演台のようにやや高い場所をリディエは示した。地面は排泄《はいせつ》物が転がっているため、ヴァシルを待機させるのは難しい。

「いや、ここにいる。高いところは苦手だ。――私が、手ずから施そう」

ヴァシルは、身軽に荷馬車に近づいて「スキュイラ殿下からの贈り物だ！」とパンを一つ手に取った。

わっと声が上がり、ボロをまとった、男とも女ともわからない貧民が集まってくる。貧民に黒髪の者が多いのは、極北の荒廃の証だ。

ヴァシルは、笑顔でパンを手渡しはじめる。

「殿下。子供を先にお願いします。手渡しただけでは、大人に奪われてしまいますから、この場で食べるよう伝えてください。家族の分は別に」

北部は動乱の時代が長く続いてきた。流民や貧民との接し方にリディエは慣れている。リディエの助言に、ヴァシルは「なるほど。わかった」と素直にうなずいた。最初に渋っていたのが嘘のように、ヴァシルは、最後の一つを配り終えるまで笑顔を絶やさなかった。

不思議な魅力のある人だ。作業の終わる頃には、手伝う兵士たちまで、ヴァシルを見る目を変えていた。

——あっという間のことである。

リディエの立案したいくつかの作戦はことごとく成功し、ヴァシルはごく短期間で、ルナヴィア国民の心をとらえてしまった。

「どんな魔法を使ったの？」

キーラが目を輝かせてリディエに問うたのは、あの無茶な命令から、間もなく一カ月になろうかという、六月はじめのことだった。

「ヴァシル様の才よ。私は、なにも。ただ口を出しただけ」

庭園の西側は、紫陽花《あじさい》が色づきはじめている。

花を愛《め》でる習慣のないリディエだが、北部であまり見かけない花であるからか、可憐《かれん》な彩りは美しく見える。

「すごいわ、本当に！　あちこちでヴァシル様を称《たた》える声を聞くもの。ハネ将軍、とっても喜んでおられたのよ。次はお世継ぎだって」

「……次、なんて簡単に言ってもらいたくないわ！」

リディエの眉間には、遠慮のないシワが寄った。

ヴァシルの才だ、とはたしかに言った。だが、リディエが背中を押さなければ、今も彼はうつむき、窓の外を眺め、ため息をつくだけだったはずだ。

「お世継ぎ誕生まで、貴女の任務を延長したいって——」

リディエはぎょっとした。無茶にも程がある。

「将軍が、そんなこと言ったの？」

「ええ、そうよ。それに来月から昇級ですって。三等官なんて、すごいじゃない！」

思わず、リディエはその場にしゃがみこんでいた。

慌《あわ》てたキーラが「昇級よ。おめでたいわ」と言っているが、耳には入らない。

出世などしてなんになる。ノーツェ領主に与えられる地位など無価値だ。

故郷に帰りたい。ただそれだけ。他の望みなどない。

まだ仕事がある、というキーラを見送り、なんとか立ち上がった。

(話が違うじゃない！　次に会ったら、ハネ将軍に抗議しないと！)

世継ぎが生まれるまで――など、太陽が青くなるまで、と言われているのと同じだ。永遠に、そんな日は来ないだろう。

いかにヴァシルが民に愛されようと、肝心のスキュイラとの関係に変化はない。いまだに口もきかず、寝室も、食事も別なのだ。

――笑い声が聞こえた。

(蜂の会だわ)

とっさに、リディエは道を変えた。迂回《うかい》していこう。目に入れるのも癪《しゃく》に障《さわ》る。

青き薔薇だか、未来の女王だか知らないが、彼女が夫とまともなつきあいをしていれば、こちらも苦労せずに済んだ。

王族ならば、誓約にも真摯《しんし》であるべきではないのか。

夫婦は、互いを守り、慈しみ、敬《うやま》いあうものだ。

ちらりと目に入る、青のコタルディ。今日の青は、紫陽花に似てやや淡い。

四阿《あずまや》では、茶会の準備が進んでいた。

当然、そこにヴァシルのカップはないのだろう。

「……バカバカしい。なにが蜂の会よ」

二百年前、ルナヴィア王家に忠誠を誓ったカイエン家の人間にあるまじきことながら、思わず、ぽつりと声がもれていた。

「おい」

突然、背から声をかけられ、リディエは跳びあがるほど驚いた。

振り返って、その近さに驚く。まったく気づかなかった。

「イアソン……」

短い黒髪の青年の顔を、よく知っている。

ノーツェ領からラーベル宮殿に、同日に派遣された極北出身の仲間だ。彼は早々に蜂の会に取り込まれてしまったので、接点はないが。

リディエと同種の顔立ちなのは、彼が極北に古くから続く騎士の家系だからだ。

イアソン・ジン。ガラエル領からほど近い北部の領主に仕えていた。まだリディエが領主の娘であった頃に、一度だけ会って話をしたことがある。彼の父は、ガラエル領での戦闘に加わり、戦死していた。

「その色仕掛けは、ハネ将軍の指示か？」

「色仕掛け？　人聞きの悪いことを言わないで」

「ヴァシル様はすっかりアンタに夢中だ。大した腕だな」

キッと眦《まなじり》を吊り上げ、リディエはイアソンをにらむ。

「色仕掛けなどするものですか。具体的な指示もなく、応援もなし。できなければクビだと脅《おど》されたのよ。ヴァシル様の存在を重くするくらいしかできないじゃない。問題ある？」

「余計な真似《まね》を……」

チッとイアソンは舌打ちした。口調といい、態度といい、実に無礼な男だ。

「苦情なら、ハネ将軍に直接言って」

「堅物が堅物に依頼するから、こんなことになる。暑苦しい毛皮を脱がせたのは正解だが、あとは香水でも振りかけておけばよかったんだ」

ハネ将軍が堅物なのは間違いない。情緒というものを理解しない類《たぐい》の人である。

そんな人物と並べられたリディエは、いっそう臍《へそ》を曲げた。

「人選の責任まで負えないわ。――無駄な話は嫌いよ」

王女の取り巻き相手に、時間を費やすのも業腹《ごうはら》だ。

ふん、とイアソンが鼻で笑う。一々癇《かん》に障る男である。

「そっくりだ。――あの方に」

イアソンが顎《あご》で示した先に、スキュイラがいる。

あの麗《うるわ》しき王女と、リディエが似ている――と言ったらしい。

キルシュテ城から、ラーベル宮殿までの馬車の中で、リディエはイアソンの身の上話を聞いている。家族は、もう誰も生きていないと言っていた。任期を終えたのちは、故郷に土地をもらうことになっているそうだ。

他の極北から来た仲間たち同様、彼も故郷に帰る日を待つ身である。彼にも彼の事情があるのだろう。だが、こちらにもこちらの事情がある。

リディエはイアソンの話を待たず、背を向けてさっさと歩きだした。

「待て。話は終わっていない」

「要件だけお願い」

足を止める価値を感じない。リディエは先を急いだが、イアソンは後ろをついてくる。

「式典が近い。それまで目立つな」

「管轄《かんかつ》外よ。貴方が言えばいいじゃない」

「——消されるぞ」

少し落としたイアソンの声に、リディエは足を止めた。

「よしてよ。私はただ——」

「忠告はしたからな」

もう、イアソンの姿は庭園に消えていた。

（なんなのよ、まったく。……なんでそんな物騒な話になるの？）

リディエは、ハネ将軍の命令に従っただけだ。成果も挙げている。

それを面白くないと思う者がいる——らしい。

（夫婦仲が、あのままでいいと思う人なんて……いるの？　どういうこと？）

足を止めたまま、リディエは顎に手を当て考え込む。

ふいに——目の端に、ヴァシルの黄金の巻き毛が映った。

「リディエ！」

美しい王子が、明るい笑顔で、大声でリディエの名を呼びながら近づいてくる。

その笑顔に、うすら寒いものを感じた。色仕掛け、という言葉が頭に響く。——そんなつもりはない、という言い訳は、この好意に満ちた態度の前に効力を失うだろう。

リディエは、慌ててヴァシルに走り寄った。これ以上、名を連呼されては敵《かな》わない。

「ヴァシル様、ご用でございましたか？」

「……今のは？　同郷の者か？　彼とは、親しいのか？」

質問の意味を図りかねたが、リディエは「いいえ」と答えた。

「親しくはありません。今、一年ぶりに会話をした程度の仲です」

「本当か？　とても親し気に見えた。楽しそうだったし……なんというか、距離が……近かったように思う。彼の名は？」

リディエは、頭の中で先ほどのやり取りを反芻《はんすう》した。

(距離？　馬一頭分は空いていたわ。楽しくもなかったし)

物理的な距離は遠かったように思う。精神的な面では、よほど遠い。

リディエは、蜂だか虻《あぶ》だか知らないが、王女の尻を追って歩くなど恥ずかしくはないのか――と思っているからだ。イアソンの父親は、誇り高い騎士だった。今の息子の姿に、冥府《めいふ》で嘆《なげ》いていることだろう。

「イアソン・ジン。旧ガラエル領ではなく、旧キツォス領出身の騎士です。お見苦しいところをお見せしました」

「……いや、すまない。咎《とが》めるつもりはないのだ。いつもは貴女とよく似た女官とばかり話しているので、珍しいと思ってな」

よく似た女官、というのは庭園で報告を行うキーラのことだろう。よく姉妹のようだと言われるので、似ている自覚はある。

「もう話すこともないと思います。――なにか、ご用でしたか？」

「あぁ、そうだった。式典用の衣装を決めてしまいたくてな。衣装係は『お似あいになります』しか言わん。やはり、貴女でなくては。リディエの言葉だけは信用できる」

菫《すみれ》色のキラキラ輝く瞳が、リディエを見つめている。

ノーツェ領邸の無茶な命令を受け、リディエはヴァシルの傍《そば》で助言を行ってきた。会話のおおよそは、作戦会議である。無駄な会話などした記憶はない。

最初は、ごく淡々《たんたん》と会話をしていただけだ。

しかし、ここ半月ほどはどうだったろう。

ヴァシルはリディエへの信頼を隠すことなく表情に出す。こちらの態度は変わらずとも、彼の問いに答える様は、十分親し気に見えたのではないだろうか。

「承知いたしました、殿下。のちほどうかがいます」

「書斎まで一緒に行こう。紅茶でも飲みながら、貴女とゆっくり話がしたい。あぁ、そうだ。今度こそ貴女の故郷の話を聞かせてくれないか。ずっと聞きたいと思っていた」

さ、と優雅に、先に歩くよう手で示した。――まるで恋人がするように。

イアソンの一言のせいで、そんな仕草までが恐ろしい。

「あぁ……その……いえ、私はのちほどうかがいます。領邸の命で、多少急いでおります」

「そうか。わかった。では、書斎で待っている。すまなかったな、邪魔をして」

ヴァシルが笑顔で去っていくのを、リディエは見送った。

視線を――背の方から視線を感じるのは、気のせいだろうか。

（嫌な空気だわ）

作戦の責任はハネ将軍にある。だが――いざとなればあっけなく切られるのが、使い捨ての自分たちだ。

危ういとわかっている道は、これ以上進めない。

（……キーラに頼んで、世慣れた女官を派遣してもらおう。最初から、そうしていればよかったんだわ。髪型だとか、服装だとか、香水だとか……）

必死だった。他にない、と思った。

だが、恐らく、リディエは方法を間違ったのだ。

無駄を承知で、正面から城塔に挑ませておけばよかった。

努力はしたが力及ばず——とでも言えば、あるいは許されたかもしれない。

クビにする、などと脅されたから、加減を誤《あやま》った。これはハネ将軍の失策だが——責任を取らされるのは、リディエだ。

(ああ、ガラエルが、どんどん遠くなる……)

足掻《あが》けば足掻くほど、深く沼にはまっていくような気がする。

それでも、動きを止めれば沈むだけ。諦めるわけにはいかない。

キーラに伝言を頼むべく、リディエは、青に彩られた美しい庭園を抜けたのだった。


堅物、という評に異論はなかった。

人の——とりわけ、男女の心の機微には疎《うと》い。

だが、そんなリディエにも、ヴァシルの反応はおおよそ予測できた。

——間もなく後任が参ります。私は、ノーツェ領邸に異動になります。

そう告げたのは、ダブレットの試着を終えた時だった。人の耳のある時の方がいい。王子専属の衣装係と、針子が四名。女官が二人いる状況で、口にした。

予想はできた。きっと反対される。

待ってくれ。今、貴女に手を引かれては困る――とでも。

だから、人の目のあるところで話を、と思ったのだが――

ヴァシルの菫の瞳から、ぽろり、と涙がこぼれたのには仰天した。

「私を、見捨てるのか？　リディエ」

思惑が、完全に裏目に出てしまった。

まだダブレットの刺繍《ししゅう》の二色目の色も決まっていなかったが、衣装係も、針子も、作業どころではなくなってしまう。

「とんでもない。ノーツェ領邸の人事でございます。……また、詳しい話はのちほど――」

「皆、出ていってくれ。リディエと話がしたい。二人きりで」

命じられた通りに、衣装係たちが書斎を出ていく。

リディエは、女官の一人に目配せをした。女官も、目配せを返す。

そして――書斎にはヴァシルとリディエだけが残った。

（最悪の事態になったわ……）

リディエもヴァシルも、書斎の中央に立っていた。いつもの窓際と机の前にいる時よりも、距離はずいぶんと近い。

「お騒がせして申し訳ありません。引き継ぎはしっかりと――」

リディエは顔を上げられず、ヴァシルの靴と、大陸産の絨毯ばかりを見ていた。

「貴女が去れば、また地獄の日々に逆戻りだ。……耐えられない」

「後任が、ヴァシル様をお助けいたします」

「次に来るのは、ただの秘書官ではないか。貴女ではない。私をあの地獄から救ってくれたのは、貴女だ。もうあんな孤独は味わいたくないのだ。傍にいてくれ。貴女がいなければ、私は——私は……もう生きていけない」

ヴァシルは長椅子に腰を下ろし、頭を抱えた。——泣いている。

つい先日まで、ヴァシルを泣かせていたのは彼の非情な妻だった。だが、今、彼の涙の原因を作ったのは、他でもないリディエだ。

「お許しを……」

胸が締めつけられ、言葉が、うまく出ない。

うつむいたままだったが、ヴァシルが腕を伸ばしたのはわかった。

顔を、少しだけ上げれば目があう。

動作の意味は、理解できた。父が、膝に座るよう促《うなが》す時、そうしていたからだ。

おいで、と。

だが、動けない。ヴァシルは父ではなく、リディエも幼子《おさなご》ではない。

南から来た貴族にとっては日常なのかもしれないが、つきあう理由にはならなかった。

「式典の出席者の名簿に、私の名前がない」

「まさか……そんなはずはありません。名簿をご覧になったのですか？」

七月二十日に行われる式典は、ソーン四世の在位二十年と、建国記念を併せて祝うものである。国内各地の領主だけでなく、半島の四国や、大陸の国々からも賓客《ひんきゃく》が集まる。そのような場で、スキュイラが夫を無視するとは考えにくい。婚姻の誓約に不誠実な様を、わざわざ衆目にさらそうとは思わないだろう。

「いや、見てはいない。だが、人が噂《うわさ》しているのを聞いた。スキュイラ様は、私を無視する気だ。間違いない。……心が折れそうだ」

ヴァシルの手は、両方、リディエに向かっている。

だが、リディエの足は動かない。

諦めたのか、ぽん、とヴァシルが、長椅子の上を軽く叩いた。横に座れ、と言っているらしい。譲歩を示されたリディエは「失礼します」と断ってから、横に座った。

「式典の件は、確認の上、ハネ将軍に報告いたします。お気を強く持たれてくださいませ」

「無駄だ。私の処遇に関して、キルシュテ城は沈黙を貫くだろう」

「しかし、これは政治上の問題です。報告するのが私の仕事でございます」

「父も兄たちも、私が邪魔だったのだ。あんな誓約のせいで、ここで生きるしか道がないというのに。……あぁ、リディエ！　私を見捨てないでくれ！」

ヴァシルが、突然長椅子から下り、床に片膝をついた。

そして、リディエの手を両手で包む。

「ヴァ、ヴァシル様、どうか落ち着いて――」

「誰も彼も、私がいないかのように振る舞う。誰も私に話しかけない。話しかけても耳を貸さない。……この王宮は、まるで牢獄《ろうごく》だ」

ヴァシルはリディエの手を握ったまま、額《ひたい》を膝に埋《うず》めた。

リディエは、ぎょっとした。こんな触れ方は、妹にしかされたことがない。

「式典には、ノーツェ領からもお父上か兄君がいらっしゃるでしょう。問題が明らかならば、王宮に意見してくださいます」

暗い声が「それはない。父上は私を見捨てた」と言った。

リディエも、泣き出したいような気分になる。

誰も助けてはくれない。孤立無援。その絶望は、リディエにもよくわかった。

「どうして父親が、そこまで子を憎めるのか。……貴女の父上は、どんな人だった?」

会話の流れが、急に変わった。

急だと思ったのは、リディエだけだったかもしれない。故郷の話を聞かせてくれ、とヴァシルが何度か言っていたのは覚えている。

ただ、話せばウロス公への恨みを避けては語れないため、逃げ続けてきた。

――背法者。

誓約を破った者。死後、地獄へ落ちる者だ。

ウロス公は、私《し》の闘争で極北八領を次々と滅ぼした。ありもしない反逆罪をでっち上げ、私闘で私欲を満たしたのだ。これが背法者でなければなんだというのか。

傍観《ぼうかん》したソーン四世も同罪だ。神殿の刃《やいば》たる王家は、背法者から地位と私財を剝奪する務めがあったはずなのに。十年も放置したのは、怠慢《たいまん》でなくてなんだというのか。

今にも口から、ウロス公を背法者と罵《ののし》り、ソーン四世を批判する言葉がこぼれそうになるが、ぐっとこらえる。

しかし、鬱憤《うっぷん》よりも、この場を切り抜けるのが先だ。いったん話題に乗るべきだろう。

「優しい人でした。……寡黙《かもく》で、実直で、領のことだけを考えていた人です」

「勇猛果敢な領主だったと聞いている」

「あぁ……それは土地柄、密売人が多かったからです。勇猛果敢でもなければ、領主は務まりません」

半島のつけ根から南端の商港まで、塩の道、と呼ばれる街道が伸びている。

ガラエルを含めた極北の旧領は、領土のほとんどが険しい山間部で、身を隠す場所に事欠かない。監視の目の届きにくい漁村も点在しており、塩の道を避ける密売人たちには古くから好まれてきた。

「鉄爪《てっそう》の黒鷹《くろたか》、との異名を、私も幼い頃から聞いていたぞ。勇ましい。私もそんな異名がほしかった」

ヴァシルは、やっと顔を上げた。

もう取り乱した様子もない。リディエはわずかに安堵《あんど》し、笑みを浮かべた。

「金狼も、ウロス家らしい勇ましい名ではございませんか」

ウロス家の祖は、大陸の南部の王に仕えた処刑人の一族で、その紋章は首切り斧《おの》だ。流血によって栄えた、猛々《たけだけ》しい家である。

「毛並みくらいしか、褒《ほ》めるところがなかったのだろう。情けない話だ。実際、妻にも相手にされていない」

「いつか、お気持ちも伝わります」

なんと空虚な言葉だろう。口にした途端、自己嫌悪に襲われる。

まだ、ヴァシルはリディエの手を包んだまま、潤んだ菫の瞳でこちらを見つめていた。

早くこの状況から逃れたい。

だが、跪《ひざまず》いたままのヴァシルは、一向に動く気配がなかった。

「幼い頃、叔父に聞いたことがある。鉄爪の黒鷹は、密売人から押収した宝を山のように隠していたとか。それも五百年以上、代々受け継がれているというではないか」

「そんなものは――ありませんよ」

リディエは小さく笑って「伝説です」と答えた。

「そうなのか。子供心に夢のある話だと思っていたのだが」

「ガラエルにあるのは、やせた狭い土地くらいです。ヘドォン内海に眠る海賊《かいぞく》船の財宝の方が、よほど信憑《しんぴょう》性がありましょう」

適当に、リディエは話を流した。

盗賊のごとく故郷を踏み荒らした男の息子に、夢のあるなしを論じられたくない。

この会話のせいで、リディエの心はざらついていた。

だが、ふいに、

「帰りたい」

とヴァシルが言ったのには、閉口した。

その一言には、弱い。

「……はい」

帰りたい。その思いは、リディエの心の深いところで、共鳴した。

「今、帰れたら——湖で、ゆっくりと釣りでもして過ごしたい。パルジャ城の近くにもあるな。三日月の形をした湖だ。一度行ったことがある。あの湖がいい」

「ご存じですか。雪を頂くガラエルの峰々が湖水に映る様が、とりわけ美しい場所です」

極北の風景が、脳裏に蘇《よみがえ》る。

だが、同時に苛《いら》立《だ》ちも感じていた。——あの土地は、自分のものだ、と。

もうあの場所は、ノーツェ領南ガラエル荘の一部である。父は負けた。頭ではわかっているのに、感情が追いつかない。

懐かしさに目を細めつつも、リディエは唇を笑みの形にはできなかった。

「帰りたい。だが……帰れない。リディエ。頼む。傍にいてくれ。貴女がいなければ、また地獄に逆戻りしてしまう……耐えられない。なぜだ？　貴女は、私を助けるために、来てくれたのだろう？　父上からの命で。やはり、父上は私を見捨てたということか？」

いっそう強く、ヴァシルが手に力をこめる。

「違います。見捨てるなど、決して」

「では、なぜだ？　なぜ、去ろうとする？」

「わかりかねます。私は、領邸のハネ将軍の指示に従うだけでございます」

危うい。リディエは現状を、そう認識している。

どんな時でも、危ういと感じた瞬間に引き返さねば間にあわない。

逃げねば。それなのに、なぜこの足は、これほどまでに重くなるのだろうか。

「ハネ将軍には、私から伝える。どうか、貴女だけは私を見捨てないでくれ」

自分が失敗したことだけが、ひしひしと伝わってきた。

どこで、なにを、どのように間違ってしまったのか。

与えられた選択肢《し》の中から、最良の道を選んできた。――そのはずなのに。

「……承知、いたしました」

ヴァシルは「ありがとう！」と叫んで、長椅子に戻るなりリディエを抱き寄せた。その抱擁《ほうよう》を、父がしたようなものだ――とは思わなかった。

ヴァシルの腕は、しっかりとリディエの腰をつかんでいて、身体《からだ》の隙間《すきま》を埋めようとしているように感じられた。もう胸が潰《つぶ》れるほど強く触れあっている。

「ありがとう。ありがとう、リディエ……私の女神！」

リディエの額にヴァシルの頰《ほお》が触れ、次に唇が触れた。髪の生え際を通って、こめかみの辺りまで降りてくる。

「ヴァシル様……」

リディエは身じろぎをして、その腕から逃れようと小さくもがく。

「貴女が愛《いと》しい……傍にいてくれ」

その囁《ささや》きの、なんと恐ろしいことか。

ヴァシルの手が、いつの間にかリディエの頭の後ろを押さえている。

口づけをしようとしている――とわかった。

触れた肌の熱さが、かえってリディエの身体を凍《こご》えさせる。

（無理……！　つきあいきれないわよ、こんなの！）

金髪の貴族の、軽薄な愛などで人生を狂わせるつもりはない。

リディエはもがきつつ、足の先を懸命にテーブルの上へと伸ばす。

かしゃり、と儚《はかな》い音を立て、紅茶の入ったカップが割れた。

ドンドン、と扉が鳴り「ヴァシル様?」「お開けしてよろしいでしょうか?」と声がかかる。目配せで危機を察した女官が、扉の前で待機してくれていたらしい。ありがたい配慮だ。

一瞬、腕が緩んだのを機に、リディエは抱擁から逃れた。

そそくさと挨拶《あいさつ》をし、女官に目で礼を伝えつつ部屋から出る。

廊下を足早に進む間も、熱は、簡単には去らない。

高い窓から注ぐ、強い陽射しのせいだろうか。

やはり、間違っている。この道は、危険だ。リディエの頭の中で、城の警鐘《けいしょう》に似た音が、けたたましく響いていた。


結局、リディエは秘書官として留まった。

ハネ将軍へは、イアソンの意味あり気な忠告も含めてすべて報告してある。念のため、後任の候補選びは進めてもらいつつ、ひとまず様子見をする形に落ち着いた。

その日、農家を訪ねたい、と言ったのはヴァシルだった。

——いつも美しい薔薇を用意してくれる農夫に、礼を言いたい。

そこで急遽《きゅうきょ》、南にある貧民窟での施しのあと、花束の契約をしている農家の一つに向かうことになった。

馬車を降り、ヴァシルは驚く農夫に声をかける。

そうして、深紅《しんく》の薔薇の前で立ち止まった。

「これを、花束にしてもらえないか。三つほしい」

銀貨一枚を出してヴァシルが頼めば、農夫の若い妻が顔を真っ赤にして準備をはじめた。後ろに、幼い娘が続く。母の仕事を手伝うようだ。

ヴァシルは、先日も別な農家を訪ね、果実を銀貨で買っていた。特に、リディエが口添えをしたわけでもないが、自然と出た行動であったらしい。

(私の手など、もう必要ないでしょうに)

当初は何事も助言の下で行っていたが、今は違う。去ろうとするリディエに、泣いてすがらずとも困りはしないだろう。

(キーラはネコでも飼うよう進言しては、と言っていたけれど……お寂しいなら、それもいいのかもしれない)

未亡人や、子を亡くした母親が、周囲の勧めでネコを飼う話はよく耳にする。

リディエ――と名を呼ばれ、ハッと物思いから戻った。

「これを、貴女に」

花束が、リディエの前に差し出された。横で、農夫の妻と娘が、ヴァシルから受け取ったらしい花束を手にして、頬を染めている。

「まぁ、ありがとうございます」

笑顔で花束を受け取り、リディエは膝を曲げて会釈をした。

花束など贈られたのは、生まれてはじめてだ。

歌劇の一幕のようで、胸の奥がくすぐったい。農夫の妻と娘と同じように、頬が赤くなった。

「……貴女も、そのような顔をするのだな」

意外そうにヴァシルが言うので、リディエは苦笑した。

「誰でもなりますわ。こんなに美しい薔薇ですもの。――ねぇ？」

リディエが農夫の妻と娘に同意を求めると、二人はコクコクとうなずいていた。

「では、毎日贈ろう。貴女がそんな風に微笑んでくれるなら、これほど嬉《うれ》しいことはない。是非とも――」

からかう調子だったヴァシルの表情が、ふっと変わる。

その目線の先を、リディエも追った。

こちらに向かってくるのは、二頭の馬。乗っているのは遠目にも姿のいい貴公子だ。

（あれは……蜂の会の方たちだわ。――こんなところになにしに来たの？）

栗《くり》色の髪の長身の青年は、ケイル・アテネス。

王都では珍しい赤毛の美男は、ウラド・ティティオン。

スキュイラの取り巻きの、将来有望な若者たちである。

王宮内で顔をあわせるのは珍しくないが、ここは王都の外れ。偶然ではなさそうだ。

「ヴァシル様。馬車にお戻りを」

嫌な予感がする。リディエは、ヴァシルを促した。面倒は避けるに限る。

「構うな。逃げたと笑われるのは、我慢がならん」

思いがけず強い口調で、ヴァシルはリディエの勧めを拒絶した。

(こんなところで厄介《やっかい》事は困るわ)

リディエがハラハラしている間にも、青年たちは間近に迫っている。

最低限の礼を示す意思はあるらしく、近づく前に下馬していた。

「ごきげんよう、殿下」

栗色の髪のケイルが、形ばかりの会釈をする。

姿のいい青年だが、どうにも軽薄な印象がつきまとう。

「薔薇に興味があるのか？　それとも、私に用でも？」

「いいえ。殿下には、なに一つ用などございません。──ただ、頼みもしないのに毎日送られてくる薔薇に、スキュイラ殿下は大層迷惑をしておられまして。農家を一軒、一軒訪ねまわり、もう二度と薔薇など持ち込むなと通告していたところです」

その横で、ウラドがにやにやと笑っている。イアソンの黒い髪以上に目立つ赤い髪に、碧《みどり》の瞳の美青年だ。優し気な容姿ながら、笑みには根性の悪さがにじみ出ている。

(感じの悪い人たちね。スキュイラ様も、なんでこんな男たちを侍《はべ》らせているのかしら!)

スキュイラの寵《ちょう》をかさに着て、敬うべき相手を傷つけ、踏みつけ、笑う。まったくもって不快な男たちである。

ヴァシルと蜂の会との間の空気が、ぴんと張りつめる。

「足下《そっか》らは、王女殿下からの命令を受けて動いているのか?」

「いいえ。スキュイラ殿下の憂《うれ》いを晴らして差し上げたい一心で、我らが自主的に行っていることにございます」

「なるほど。忠犬の浅知恵、というわけだ」

ヴァシルの口から飛び出した毒に、リディエはぎょっとした。

目の前の青年たちに、ヴァシルは腹を立てている。——責められはしない。この国に来てからヴァシルが受けてきた仕打ちは、すべて怒りに値するものだ。

しかしながら、ヴァシルが他者に対して、こんな態度を取ったためしはない。

人が耐えうる侮辱《ぶじょく》には、限界がある。ヴァシルの態度は、その限界を予感させた。

「……心外ですな。スキュイラ殿下は、薔薇に辟易《へきえき》しておられる。だいたい——北の猛禽《もうきん》……いや、逆賊の娘に贈るものと、スキュイラ殿下に送りつけるものが同じというのが解《げ》せません」

ケイルが、ちらりとリディエを見た。

逆賊の娘、という言葉が胸を貫く。説明は不要だ。カイエン家の紋章は黒鷹である。要するに、彼らはリディエを侮辱したのだ。リディエは聞き流すつもりだったのだが――

「彼女への侮辱は許さない。撤回してもらおう」

ヴァシルは、流さずに聞き咎めた。小声で「お気になさらず」と宥《なだ》めたが、ヴァシルはケイルと対峙《たいじ》したまま動かない。

農夫の家族や、隣家からも人が集まってきている。

異変を察してか、ひそひそと不安げな囁きが聞こえてきた。

（まずいわ、この流れ。……どう収めたらいいか……）

ケイルの態度は不遜《ふそん》だ。非は明らかである。だが、彼からの謝罪は見込めないだろう。落としどころの見えない会話は、危険だ。簡単に暴力に結びつく。

かと言って、理を説いても無駄だろう。あちらはリディエを北の猛禽と侮《あなど》っている。

周囲の緊張を意に介さず、ケイルは鼻息も荒く続けた。

「では、言い方を変えましょう。野蛮《やばん》な北部人は、尊い王家に連なるべきではない」

あ、と思わずリディエは声をもらしていた。

（なんなの、この男！　勢いだけで物を言って！）

ルナヴィア王国において、この五十年、北部以外で内乱は起きていない。

血の五百年に続き、大陸から来た王族によって吹き荒れた侵略の嵐。半島は疲弊《ひへい》し、長く厭戦《えんせん》の空気が流れている。いまだ流血を続ける北部への評価は低く、王都は北部を野蛮とみなしてきた。

侵略を繰り返したウロス公も、なす術《すべ》もなく滅びた極北の旧家も、等しく蔑《さげす》まれている。ヴァシルも、リディエも、ケイルにとっては見下して然《しか》るべき相手なのだ。しかし、だからといって、許容できる侮辱ではない。

横でにやにやとしていたウラドも、仲間の暴言には顔色を変えている。

さすがに黙っていられず、リディエは間に入ろう――として、ヴァシルの手が剣の柄《つか》にかかっていることに気づいた。力がこもるあまり、指先が白くなっている。

一触即発。これ以上黙っていては、惨事《さんじ》が起きる。

「ケイル様。この場は、どうかここまでに」

リディエは、とっさにヴァシルとケイルの間に入った。

短い沈黙ののち――ケイルは唇を引き結んだまま、くるりと背を向ける。

赤い髪のウラドが「すまない。恩に着る」とリディエに小声で言ってから、ケイルの後を追った。

ここで胸を撫《な》で下ろしたのはリディエだけではない。周りで見ていた農夫たちも、一斉にため息をもらす。ひどい、あんまりだ、との囁き声も聞こえてきた。

その声が聞こえたのだろう。一瞬、ケイルがギッと農夫らをにらむ。

だが、ウラドがなんとか宥めたようだ。二人の貴公子は、そのまま去っていった。

「……斬《き》り捨ててやりたかった」

ヴァシルが、柄にかかった手を下ろす。ぽつりとこぼした言葉が、どこまで本気なのか、判断ができない。

しかしながら、ヴァシルの心が限界に近いことだけは、痛いほどわかった。

(この上、式典で公然と無視などされては……お心が、もたない)

今、ヴァシルから距離を取るべきではないのかもしれない。少なくとも式典が終わるまでは、現状維持が正解なのではないだろうか。

「そろそろ戻りましょう、ヴァシル様。せっかくいただいたお花ですから、早く花瓶《かびん》に飾りたいと思います」

努めて穏やかに話しかければ、ヴァシルはにこりと笑んだ。

「そうだな。このところ、とみに暑い。早く帰るとしよう。――あぁ、貴女の黒い瞳と白い肌に、赤い薔薇はよく映えるな。さながら、冬の女神だ」

ヴァシルは「綺麗《きれい》だ」と言いながら、リディエの手を取り口づけた。ごく自然に。

薔薇への賛辞か、あるいは違うのか。確認はしなかった。

馬車の中で、いつもより多弁なヴァシルの話を聞きながら、リディエは祈っていた。

どうか、無事に日が過ぎるように。

そして――

「スキュイラ殿下がお呼びです。春陽の間へおいでください」

願いは、王宮に着いた途端に砕かれた。


スキュイラは、ソーン四世の第一子である。王位継承権は、弟のツィロン王子に次ぐ第二位だ。生母は、大陸の小国から嫁ぎ、数年前に亡くなった王妃。

幼い頃から馬を乗り回し、学者顔負けの知識を持った才女だ。七歳で朝議に参加したとの逸話も残る。

その薔薇にたとえられる美貌《びぼう》は、国民に広く愛されてきた。

たしかに、百人いれば百人が褒めたたえる類の美しさだ、とリディエも思う。宝玉のような青い瞳は、間近で見れば見惚《みと》れるばかり。目の覚めるような青のコタルディが、白い肌をいっそう明るく見せていた。

「――単刀直入に言うわ。貴女、邪魔なの」

イアソンは、リディエとスキュイラが似ている、と言っていた。

ろだろう。

（あぁ、そういう意味ね）

彼の言わんとしていたことが、理解できた気がする。無駄を嫌い、高圧的。そんなところだろう。


スキュイラは、優雅に椅子に腰かけ、リディエに席を勧めた。

ふわり、と広がったコタルディのトレーンには、大ぶりな薔薇の刺繍が施されている。

形ばかりの遠慮も無意味だろう。勧められるままに腰を下ろした。

春陽の間の天井画は半島中に知れるほど有名だが、見上げる余裕はなかった。

「ノーツェ領邸にご連絡ください。私に人事権はございません」

「泣いて謝るかと思ったのに」

ふっと王女はふっくらとした唇の端を、形よく持ち上げた。

「謝罪の必要な行為など、決していたしません。カイエン家は、王家に永劫《えいごう》の忠誠を誓っております」

「イアソンに聞いてるわ。……本当に。余計なことをしてくれたものね」

苛立っているのかと思えば、スキュイラは笑みを崩していない。おかしな冗談でも聞いているかのように、上機嫌だ。

「ご用件を、うかがわせてくださいませ」

「私は女王になる。足を引っ張るだけの夫は要《い》らないの。そもそもこの結婚を、承諾した覚えがない。宰相《さいしょう》の一派が仕組んだ陰謀《いんぼう》よ。さっさと離婚したいと思っているわ」

そもそもの話をすれば、半島で最も権威あるルナヴィア王国の王女の結婚相手に、世間は驚いた。明らかに新興のノーツェ領の公子では不釣合であったからだ。

だが、スキュイラの弟・ツィロン王子を擁立《ようりつ》する一派の、スキュイラの台頭を防ぐための陰謀と聞けば腑《ふ》に落ちる。

「しかし……誓約がございます。離婚は難しゅうございましょう」

「神殿にも、諸外国の代官にも、夫は心身が虚弱で人前に出せない、と言ってあるわ。夫の有責として離婚するつもりよ。——式典には、各国の王族が出席する。わかるでしょう？　私が、貴女を呼んだ理由が」

スキュイラは、ヴァシルを諸外国からの来賓の目から隠そうとしている。

（式典にも、出席させない気だわ）

どうやら、名簿に名前がない、というのは、ヴァシルの杞憂《きゆう》ではなかったらしい。

「来月の式典が終わるまで——いえ、婚儀から一年が経《た》つ四カ月後まで、ヴァシル様に目立った行動をさせぬよう……とおおせですね？」

婚儀から一年、とリディエが期間の目星をつけたのには理由がある。

神殿が認めた婚姻において離婚が認められるのは、心身の健康に問題があり、かつ一年以上夫婦関係の実体がなかった場合だけである。あと四カ月、ヴァシルが人目に触れぬようにしていれば、離婚の条件が満たされる、というわけだ。

「できなければ、消すまでよ」

スキュイラは、テーブルの上に華奢《きやしや》な手を置き、身を乗り出す。思いがけない強さだ。猫脚のテーブルは揺れ、薔薇の柄《がら》のカップは、かしゃりと小さな悲鳴をあげた。

「お待ちください。それは……困ります」

スキュイラは、リディエの慌てぶりに満足したらしい。にこり、と笑みながら、ゆったりと猫脚の椅子に座り直した。

「無事に離婚できたら、ヴァシルは王領内に隠居させてあげる。死ぬよりマシでしょう？」

夫の有責で離婚となった場合、ヴァシルは今後、二度と神殿と誓約ができない。

再婚は不可能になる。権利や私財を放棄したヴァシルは、ただ余生を過ごすだけの身になるのだ。まだ、彼は十九歳だというのに。

「このことは、ウロス公に――」

「ウロス公は承知している。場合によっては、ノーツェ領で引き取るそうよ。塔へ幽閉して、一生外には出さないって。隠居とどちらがいいかしら？　それとも消されたい？　選んでいいわよ」

父上に捨てられた、とヴァシルが言っていたのも、残念ながら事実であったらしい。

（お気の毒に）

リディエの胸は、ひどく痛んだ。

父に見捨てられ、権利と私財を放棄させられ、有責で離婚。なんという不運だろう。残虐公の息子とはいえ、さすがに同情せざるを得ない。それとも、殺されずに済んでいるだけ、幸運だと思うべきだろうか。

「しかし、私はノーツェ領邸の長官・ハネ将軍からの指示でご夫婦の仲を取り持つよう命を受けました。密約がウロス公との間にありながら、なぜハネ将軍はそのような指示を出したのでしょう?」

「私の即位を阻《はば》みたい者がいるのよ。女の国王では、外聞が悪いんですって。彼らは私の足を引っ張るために、無理やりあの男との婚姻を進めたんですもの。上手《うま》くいってもらわなくちゃ都合が悪いでしょう?」

はぁ、とスキュイラはため息をつく。

(縁談を推進した……ということは、ツィロン王子擁する宰相の一派ね)

ハネ将軍は、宰相派の意向に従っている——らしい。その手足となったリディエは、一番目立つ場所で、スキュイラの思惑に逆らい続けていた、というわけだ。

「承知いたしました。余計な真似をして、申し訳ございません」

リディエは、頭を下げた。イアソンの忠告の意味も、今ならばわかる。

自分の行動は余計だった。間違いだった。そこまでの危険が我が身に迫っていようとは、まったく読めていなかった。

領邸のことだ。ヴァシルが死ねば、任務を果たせなかったとして、約束を覆《くつがえ》すだろう。神殿での誓約と違い、ノーツェ領の口約束など泣けるほど儚い。このままでは、リディエだけでなく、キーラを含めた極北出身の仲間たちも、故郷へ帰る道を失ってしまう。

「貴女の有能さが、宰相の目にとまったみたいなの。そりゃあそうよね。貴女が知恵をつけた途端、ずいぶんあの男は変わったもの。──貴女を、そのままにはできないわ」

危ういのは、ヴァシルの身だけではなかった。こちらの喉《のど》にも剣が擬《ぎ》された。

握りしめた拳《こぶし》が、震えた。

「ノーツェ領邸から課された任務だけは、どうか果たさせてくださいませ。──あと、四カ月の任期が残っております。勝手を申しますが、どうか……」

「家族と一緒に、ガラエルに戻るのでしょう？　南ガラエルの荘主の息子と婚約しているそうじゃない」

ハッとリディエは顔を上げる。

スキュイラは、こちらの置かれている状況を、正確に把握《はあく》しているようだ。

「はい。そのように、ウロス公からお約束いただきました」

「私の秘書官として、ノーツェ領邸から一時的に派遣してもらうことにするわ。それでどう？　任期や待遇に変更はなしよ」

ごくり、とリディエは生唾《なまつば》を飲んだ。

なぜ、そこまでスキュイラが譲歩するのかが、理解できない。

「よろしい……のですか？」

「北部の動乱には、うんざりよ。いい加減にしてほしい。塩の道が荒れているせいで、どれだけの損失があるか。貴女、わかる？」

今のスキュイラの発言は、父親であるソーン四世への批判とも取れた。

リディエは戸惑いつつも、少しの間考えて、

「塩の道に限れば、本来生むはずの利益が三割——いえ、四割近く失われているかと。金貨に換算すると……年間の塩の道の取引量が金貨二千枚弱ですね？　金貨八百枚程度でしょうか。そこに、治安の悪化により警備の増強を足せば……千枚は超えますか」

と答えた。スキュイラの薄い唇が、片方だけ上がる。

「私も、そのくらいだと思っているわ。議会の試算は金貨三百枚だけど、ぬるすぎる数字よね？　それで去年の夏、試験的に街道保安隊を置いたのよ。まだ公表はしてないわ」

リディエは、長く濃い睫毛《まつげ》を忙《せわ》しく上下させる。

スキュイラの離婚計画に対する嫌悪は、いったん頭から消えていた。

「まぁ……それは……驚きました。では、梟砦《ふくろうとりで》の辺りに？」

「さすがに詳しいわね」

スキュイラの美しい瞳に、輝きが増す。

同じようにリディエの深い黒の瞳にも、きらめく星が宿った。

「あの砦は、街道警備の要《かなめ》です。塩の道が、北の大陸から続く山間部から、平野に切り替わる箇所でもあります。東からはセンテ港に続く街道や、西からは西海岸から続く街道とも交わる交通の要所。同時に密売人や山賊の好む場所でもありますから」

血が騒ぐ。緊張を忘れ、リディエは身体を前のめりにする。

王領の人間は、誰しもが北部の状況に無関心だとばかり思っていた。スキュイラがこれほど、北部に興味を持っていたとは驚きだ。

「極北の八領――特にガラエル領が滅びてから、塩の道は荒れる一方。荷の三分の一がまともに届かない。早く自分たちでなんとかしてほしいのよ。北部復興は北部人の手で行われるのが望ましい。その点、話のわかりそうな貴女が南ガラエルの荘主の息子の妻に収まるのは好都合なの。今すぐにでも発《た》ってほしいくらいだわ。貴女の状況に配慮するのは、私のためで、国のため。貴女、ガラエルに戻ったら、まずなにをするつもり？」

どくん、と心臓が跳ねた。

この三年、こんな質問を、リディエにした人は誰もいなかった。

高揚が、いっそうリディエを雄弁にした。

「農地の回復が急務です。北部では、放置されて荒廃した農地は増える一方でした。賊徒の多くは、戦で生きる糧《かて》を失った者でございますから、農地の回復は、治安維持にも効果があるでしょう」

「そうね。今すぐにでもしてもらいたいわ。急ぎたい。案はある？」

「貧民窟にいる流民を、北部に戻します」

ずっと、考えてきた。

奪われたものを、取り戻すのだ。

自分がガラエルに戻ったら、家や土地を失った人々に、以前の暮らしを取り戻させたい。それが、秩序の回復に最も近い道だ、と。

「いい案ね。北部人による北部復興は望ましいわ」

「最初は、能と力のある者に限らざるを得ませんが、いずれ望む者すべてが故郷へ帰れるようにしたいと思っています」

「でも、できる？　ダミアン卿《きょう》の息子の妻――という立場で」

熱が、スッと冷めた。

ダミアン卿は、ウロス公から南ガラエル荘を与えられた荘主である。

リディエは、ずっとダミアン卿の息子と結婚すれば、生まれ育ったパルジャ城に戻れる。そして、荒れたガラエルの回復に尽力する――と思ってきた。

「……わかりません」

疑いも持たず。いや、疑うことから目を背けて。

リディエは、ダミアン卿も、ダミアン卿の息子も、どちらの顔も知らない。

知っているのは、ダミアン卿がウロス公の寵臣である、という簡単な情報だけだ。

「前領主の娘の知恵を、積極的に求めるような人は稀《まれ》だと思うわ。そんな人なら、ガラエルの旧臣でも使って、もうちょっとマシな荘政を敷いてるでしょう。違う？　南ガラエルでは、去年も反乱が起きていたわ」

彼らは、カイエン公の血を継ぐ子だけを求めている。それだけだ。

リディエの知恵など、彼らが必要としているとは思えない。

「……おっしゃる通りだと思います」

「私も同じ。王の娘や、王の姉ではできないことがしたいの。貴女だって必要でしょう？　北部のことを真面目に考える女王が。少なくとも、この十年の残虐公の暴挙は、父上の失政でもあるわ」

「それは……」

驚くほどはっきりと、スキュイラは父親の責任に言及した。

リディエの立場では、同意などできない。だが、事実ではあると思っている。

王家への反逆の濡れ衣を着せ、極北を血で染めたウロス公は背法者だ。

ソーン四世は、ウロス公の矛《ほこ》先が王家に向かうのを恐れ、背法者を咎めることなく極北を見殺しにした。

北部は、広く、遠い。議会もソーン四世の傍観を支持したのである。融通《ゆうずう》のきかないはずの大神殿でさえもだ。

ウロス公の侵攻の爪痕《つめあと》は、そのままソーン四世の失政の爪痕でもある。あまりに深い。もしスキュイラの即位で、北部軽視の傾向が変わるとすれば、諸手《もろて》を挙げて歓迎するしかない。彼女は、北部人による北部復興を目指しているのだから、描く未来はリディエの理想とも近い。

「私も、貴女には北部に戻ってもらいたい。貴女も私に女王になってもらいたい。違う？　四カ月、大人しくしていればいいだけよ。——北部に戻る前に、お茶でもいかが？」

リディエの返事を待たず、スキュイラは立ち上がって背を向けていた。

目の端に、青いコタルディのトレーンが映り、消えていく。

ふと思い出して見上げた天井画には、青い布をまとった、春の女神が描かれていた。

その白い足の踏んだ土には花が咲き乱れ、たおやかな手の触れた木々は若葉を茂らせている。その女神の顔は、どこかスキュイラに似ていた。

（これでよかったんだわ。……誰も死なずに済む）

すでに、ヴァシルの運命は決していたのだ。

リディエにできることなど、最初からなにもなかった。

春陽の間を出れば、リディエと同じ紺《こん》の草花模様のコタルディの女官が待機していた。領邸への連絡や、今後のことも、詳しく説明してくれた。新しい仕事場、新しい待遇。領邸との連絡は、引き続き行ってよいとのことだった。

ふいに、美しいレンガの廊下は、涙で歪《ゆが》む。

(見捨てたわけじゃないわ。ヴァシル様の命を守るために、必要なのよ)

必要だった。しかたない。どうしようもなかった。

——お許しを。

リディエは、胸の中で何度も呟《つぶや》いた。

もはや、ヴァシルの役目は、ラーベル宮殿から消え去ることの他にない。それでも、生きる道はある。彼に死んでほしくなかった。

殺されるよりいい。一生幽閉されるよりいい。

せめて、余生が穏やかであればいい。

あの気の毒な王子の隠居先に、釣りのできる湖があるよう、リディエは祈った。

凪《な》いだ日常が、唐突に戻った。

第三秘書に求められるのは、ごく単純な事務作業だけである。式典が近いので忙しくはあるが、生きるの死ぬのという話ではない。気楽なものだ。

毎日、毎日、ヴァシルのことを考える。どうしているだろう。泣いてはいないだろうか。

——考えれば考えるほど、気持ちがふさぐ。

キーラは、庭園で顔をあわせた途端に驚き、労る様子を見せた。

「私は任期まであと半年あるけど、リディエは残り四カ月じゃない。頑張りましょう」

「そうよね。……あと少しだわ」

あと少し。家族と共に、故郷へ帰る。リディエは、自《みずか》らを励ました。

次にキーラに会った時は、体調を案じられはしなかった。その次の時は、秘書仲間にもらったお菓子を分けあって食べ、笑顔で報告ができた。

紫陽花の季節は、終わろうとしていた。季節は移ろっていく。

——ヴァシル様は、お加減が悪いらしい。

そんな噂が聞こえてきて、すぐに消えた。目に入らぬ者の噂は、そう続きはしない。病弱なスキュイラの弟、ツィロン王子の話題が王宮内で聞こえないのと同じである。

そして——神暦八九六年七月二十日。即位祝賀式典の当日。

リディエは、王宮内の事務室にいた。

壁面の棚が二面にある、広い部屋だ。大きな机が五つ。どれも今は空いていた。

もう一つの面には、窓があり、その合間に絵画が掛かっている。

悪魔の絵だ。

神々とは対になる存在で、神々と同じだけ絵画の題材となってきた。大きな黒い羽根と、細い手足に、鋭い牙。王宮内では、四季の女神と同じ程度によく見かけるが、どれも実に恐ろしい姿をしている。

悪魔は、その黒い翼を羽ばたかせる度に災厄を振りまき、その大きな口で背法の誘惑をするという。人を地獄へ誘う、邪悪な存在だ。一度取り憑《つ》かれたが最後、どこまでも追いかけてくる。杭《くい》を打ち、日に曝《さら》すまで、滅することはない。

要するに、脅しなのだとリディエは思っている。身を正しく保ち、悪魔につけ入る隙を与えてはいけない、と。

リディエは、ぼんやりと悪魔の絵を見ていた。

当日、秘書に仕事はない。前日まで書類が飛び交い、あちこちの手伝いに回っていたのが嘘のようだ。他の同僚は、式典の前に行われる馬上槍試合の観戦に行っている。

コン、コン、コン、と扉が鳴った。

「どうぞ」

カチャリと扉が開いた途端、やや弛緩《しかん》していたリディエの身体は強張《こわば》った。

イアソンが、そこにいる。

緊張はしたものの、ふいにどうでもよくなった。再び、リディエは窓の向こうに目をやり、労《ねぎら》いで配られたワインをぐいと呷《あお》った。

「試合がはじまる。行かないのか」

リディエは、眉を深く寄せる。

イアソンとは、一緒に馬上槍試合を観覧するような仲ではない。

「……まさか、監視？」

「念のためだ。王女から聞いているんだろう？」

「まぁ、一通り。今日が重要な日だってことは理解できてるわ」

ファンファーレが、遠く聞こえる。馬上槍試合がはじまるらしい。

「アンタはあちこちに目をつけられてる。一人にならない方が、のちのちのためだ」

存外、まともな意見である。リディエは、逆らうのを諦め、イアソンが差し出した腕に手を回した。

(馬上槍試合なんて、全然見たくないのに……)

赤レンガの宮殿の廊下を、会話もなく歩き、裏から庭園に出る。

嫌な気分だ。スキュイラは、きっと鮮やかな青いコタルディを身に着けているだろう。夫と弟を無視し、来賓たちに笑顔を振りまいているに違いない。我こそは、ルナヴィアの女王である、とばかりに。

——わぁと歓声が聞こえる。

試合が行われる会場は、観覧席の向こう側にある。この位置からは試合の様子は見えないが、最初の試合が終わったのだろう。拍手が続く。

拍手が終わり、一瞬の静寂が訪れた。

そこに鋭いラッパの音が響く。馬蹄《ばてい》の音。槍のぶつかる音。――歓声。

はぁ、と深くリディエはため息をついた。

リディエは、その二度目の試合を見ていない。まだ観覧席の裏側にいたからだ。

立ち見の観客の列に並ぶと、親切な同僚が「素晴らしい試合でしたよ！」と言いながら場所を譲ってくれた。横に長い会場が見える。

もう試合の勝者は決まっていた。一試合目よりもずっと大きな歓声が上がっているので、きっと見事な試合だったのだろう。

けれど――その騎士が兜《かぶと》を脱いだ瞬間の驚きは、会場と共有できた。

「あ――」

騎士が、ヴァシルその人であったからだ。

ひらりと馬から下り、落馬した相手に手を差し伸べ、握手を交わす。

人々は騎士の心の清《すが》しさに、改めて喝采《かっさい》を送っていた。

目が、あった。

たしかに、ヴァシルの菫の瞳が、リディエの黒い瞳とぶつかる。

きっと、観客全員に手を振ったついでだろう。だが、ヴァシルはリディエを見つけていたように思う。

（なんて……バカなことを！）

チッと横でイアソンが舌打ちをしたのがわかった。「あのバカめ」と呟いたのも。

不敬にも程がある。仮にも相手は王子だ。だが、リディエも思った。――愚《おろ》かだ、と。

満場の拍手の中、馬を下りたヴァシルが、観覧席の階段を上っていく。

その手には、控えていた従者から受け取った深紅の薔薇が一輪。

騎士は、観覧席の一番高い段まで来ると、スキュイラの前で跪き、薔薇を優雅に捧げる。

これで来賓も、この騎士が何者であったかを知ってしまった。

その薔薇を、スキュイラは拒まなかった。また大きな拍手が湧く。

ヴァシルは爽《さわ》やかな笑顔で、歓声に応《こた》え、スキュイラの横に腰を下ろした。

青黒い顔のソーン四世。青白い顔のツィロン王子。並ぶスキュイラの頬は、桃色に輝いて見えた。ヴァシルの頬もだ。若く、美しく、健康な夫婦。鮮やかな青のコタルディを着た王女と、鎧《よろい》姿の凛々《りり》しい王子。来賓の目には、微笑ましい一幕に見えただろうか。

事情を知る者にとっては身の凍る光景だ。リディエは恐怖した。恐らく、イアソンも同じだったろう。

「――殺される」

リディエは、小さな声でその恐怖を口にしていた。

式典は盛会のうちに終わった――ようだ。見届けてはいない。

試合のあと、すぐに部屋に戻るようイアソンに言われ、従った。

(あんな真似をして、ただで済むはずがない。……殺されてしまうわ)

ただ、祈った。

だが、祈りも空しく、式典の二日後、ラーベル宮殿で騒ぎが起きた。

ヴァシルの毒味役が、毒味の直後に血を吐いて死んだのだ。

さらに翌日、蜂の会のケイル・アテネスが、ヴァシルを狩りに誘ったとの情報が入る。

リディエの恐怖は、頂点に達した。

(このままでは、殺されてしまう!)

心身の健康に問題のあるはずのヴァシルが、馬上槍試合の英雄となってしまった。離婚の道を断たれた以上、スキュイラの次の一手は、ヴァシルの殺害しかない。

毒殺に失敗し、次は狩りを名目にしてヴァシルを誘い出し――殺す気だ。

リディエは、狩りの情報を得たその日のうちに、急ぎ領邸と連絡を取った。

――万一の時、ヴァシル殿下をキルシュテ城に逃がしたい。

ヴァシルが死ねば、故郷に帰れなくなる。

それは、なにもリディエ一人の思い込みではなかった。

毒味役の死と、狩りの情報を得た者たちが、領邸に集まった。いずれも極北出身で、任期満了後、故郷に帰るのを待ちわびている若者たちだ。離婚を画策していたスキュイラ側の事情は知らないはずだが、それでもヴァシルの危機は察せられたのだろう。

ノーツェ領邸の許可と協力は取りつけた。作戦の指揮は、有志に交じっていたイアソンが執ることになった。実戦経験のある武人は、仲間の中で彼しかいない。

「オレたちは、故郷に帰る。必ずだ」

そのイアソンの言葉に、皆が励まされた。

狩りの場所は、スキュイラの私領。静かの森、と名のついた場所だ。

一班は、ヴァシルの様子を遠巻きに探り、状況を伝達する。

二班は、有事の際、ヴァシルをシュルツ川まで逃がす。

三班は、船着き場から、領邸の用意した船に乗せる。

あとは領邸の兵士が、ヴァシルをキルシュテ城まで運ぶ算段になっていた。

待っているのは塔への幽閉という過酷な運命だが、死ぬよりもいい。

(どうか、なにも起きないで……)

リディエは、二班に配属された。有事の際、顔をよく見知った者の方が、ヴァシルも安心するだろう、という理由だった。

一度は自分を見捨てたリディエを、ヴァシルが信用するかどうか。不安はあったが、命のかかった場だ。引きずってでも連れていくしかない。二班の残り二人は体格のいい青年だ。なんとかなるだろう。

リディエは、狩りまでの間、ひたすらに祈りながら過ごした。


そうして――八月一日。静かの森での狩りの当日。

リディエは、雨の森を必死に歩いていた。

踵《かかと》からは血が滲《にじ》み、つま先は痺《しび》れていた。冷え切った指先では、頬にはりついた髪をよけることさえできない。

一歩、一歩、勾配《こうばい》になった獣《けもの》道を進んでいく。

「もう、無理だ……私は……もういい。ここで死んでも……」

背の方から聞こえる弱音の位置が、少し遠くなった。足を止めたらしい。

「ヴァシル様――」

リディエは、膝の痛みをこらえて振り返る。

キルシュテの金狼の端正な美貌は泥にまみれ、疲労にやつれていた。肩の矢傷からの出血も続いている。動きも鈍い。

狩りの最中、ヴァシルが何者かに矢を射られてから、もう二時間は経つ。

おとなしく部屋にこもっていないからだ。秋までおとなしくしていれば、隠居暮らしができたというのに。スキュイラの行く手を阻むからだ。だからこんな目に――

そんな恨み言は、今言うべきではない。ぐっと飲みこんだ。

「貴女が、戻ってきてくれて嬉しい。十分だ。もう、行ってくれ」

「もう、間もなくです。お気を強くお持ちください」

もうすぐ、イアソンが指示した場所にたどりつく。

(死なせたくない)

彼の命は、守られるべきだ。

妻からの愛を得られなかった。それだけだ。死に値するような罪ではない。

「一緒に逃げないか、リディエ。貴女と、もう離れたくない。――傍にいてくれ」

「……急ぎましょう。もうすぐです」

ヴァシルが歩き出すのを確認してから、リディエは再び前を向いた。

もうすぐだ。彼は幽閉されることになるだろうが、殺されるよりはいい。

「血が、流れ過ぎた。……気が遠くなる。なにか、話してくれ。父君の、武勇伝でも。ガラエルには、本当に押収品は眠っていないのか?」

「押収した物は、その場で焼いておりました。何度も見てきたので、間違いありません」

犬の声がする。

森が、切れた。一気に視界が広がる。

よかった。やっとたどり着いた――という安堵は、瞬時に消えた。

（ここ？　本当に？　……朝に変更の連絡はあったけど……いえ、場所は間違ってないわ）

地図通りに進むのに必死で、川に向かうはずなのを忘れていた。

切り立った崖《がけ》の上。川は遥《はる》か眼下にある。

（計画が変わったのだろうけれど……こんな逃げ場のない場所に、どうして……）

崖に近づけば、その高さに眩暈《めまい》がする。

犬の声。ガサガサと木の間を進む音。

突然、どん、と背を押され、身体はふわり、と浮いた。

空が——高い、澄んだ、明るい雲が見える。

手は空しく宙をかき、自分の足が視界に入り——呼吸を許されない苦しさ。恐怖。落下。

（死ぬ）

ただ、明確なものは、その言葉だけであった。

第二幕　ガラエルの清き風

痛い。寒い。痛い。――痛い。

身体《からだ》中のあちこちが痛んで、うめき声が出た。その度に芥子《けし》の汁を飲まされる。

――助かるか。――わかりません。

無情な会話が聞こえてきた。

生きてはいるが、死ぬかもしれない。リディエは自分の状況を、そのように理解した。

(死にたくない。まだ、死ねない……)

ここは故郷ではない。絶対に死ねない。

朦朧《もうろう》とした靄《もや》の切れ目で、リディエは「芥子の汁は要《い》りません」と訴えた。

痛みを鈍らせる芥子の汁は、可能な限り早い段階で断ちたい。長引けば、脱するのが難しくなる。戦場で多く見てきた。いずれ心を蝕《むしば》まれ、身体を病み、命まで失う。

意識が覚醒して、見知らぬ家の日当たりのよい部屋に寝かされていることに気づいた。看病をしているのは、三十前後の女だ。時折、子供の姿も見える。

芥子の汁を断ってから、ぼんやりと意識が戻った。

痛い。とにかく痛い。切り傷も擦《す》り傷も、あちこちにできていた。

一番厄介《やっかい》なのが、足の怪我《けが》だ。骨は折れていないが、岩にぶつけたのか、深く抉《えぐ》れた傷がいくつもあり、歩くこともままならない。

手当てされる傷を確認している最中に、部屋の扉が突然開いた。

「よく生き延びたな」

見覚えのある顔――イアソンだ。

まだ芥子の影響の残る思考は、イアソンの顔を見た途端に目まぐるしく働きだした。

「なにを……なにを、どう、どこから聞いていいか、わからない」

「今日は、八月十日だ」

イアソンは、慣れた様子でベッドの横にある椅子《いす》に腰を下ろした。

静かの森での狩りは――八月一日だった。

それほど長く、芥子の汁で意識をなくしていたらしい。

「ヴァシル様は……？」

「遺体は見つかっていない。わかっているのはそれだけだ」

ヴァシルは、右肩に矢傷を負っていた。あの崖《がけ》の上から、生きてキルシュテ城まで逃れたと楽観するのは難しい。

「私、崖から突き落とされたの……なにが起きたのか、まったくわからない。たしかに指示された場所に行ったわ。朝に変更になった場所が……崖の上だったの」

リディエは、額《ひたい》を押さえる。途端に「痛ッ」と悲鳴が出る。傷があったのを忘れていた。

「オレは変更の連絡などしていない」

「でも……報《しら》せを持ってきたのは、領邸《りょうてい》の人間だったわ……」

「三班が待機していた船着き場に、死体二つと、死にかけたアンタが流れてきた」

「え……？　し、死体？　まさか二班の二人？」

なぜ——どうして——問いだけが、ぐるぐると頭の中を回っている。

「あぁ、そうだ。なぜ川から流れてきたのか不可解だったが……そうか。崖に誘導されていたんだな」

二班の二人は、リディエのあとを追っていたはずだ。

彼らも崖の上から、突き落とされたのだろうか。

「罠……だったの？」

「恐らくな。誰が誰の思惑でどう動いていたのか、まだつかめない。先に言っておくが、オレもアンタも、今は追われる身だ」

「ちょ……ちょっと待って。どういうこと？　全然わからないわ」

身体も痛むし、熱もある。まだ、頭も正常に働いていない。

ただ、とんでもない状況になっていることだけはわかる。

「川で待機していた三班も、オレ以外は殺された。オレはたまたま、アンタを助けようとして川の中にいたから、とどめを刺されずに済んだ。——今回の件は、オレとアンタが、ヴァシル様暗殺を目論《もくろ》んだことにされている」

「なんで……なんで、私たちが……なんのために、そんなことを？　疑われるからには、私たちが——あ……まさか……」

王子暗殺を目論んだ、と名指しされるからには、多少でも根拠が要るはずだ。リディエとイアソンとに共通すること。——ある人物とのつながりに違いない。

「スキュイラ様の指示で動いた、という話になっている」

くらくらと目眩《めまい》がする。

信じられない。なぜ、そんな事実とかけ離れた情報がまかりとおっているのか。これは鈍った頭でも、答えが出た。

——そう仕向けた者がいるからだ。

「嘘《うそ》でしょう……？　そんなバカな話ってないわ！」

憤《いきどお》りのあまり、足の状態も忘れてベッドから出ようとして——落ちた。

身体中が痛んで、鋭い悲鳴が出る。

「落ち着け。まだ歩ける状態じゃない」

イアソンはリディエを抱え、慎重にベッドへ戻した。

乱れた呼吸が戻ってから、リディエは礼を言い、そして問うた。

「イアソン。――私の思い違いであれば、言って。……利用されたの？　私たち」

「あぁ。そうとしか思えない」

答えるイアソンの表情がわかりにくいのは、彼が極北の男だからだ。憤っていないはずがない。騙《だま》され、利用され、仲間たちは殺されたのだから。

「スキュイラ様を陥《おとし》れたい王宮の人間と――」

「ツィロン王子の一派。宰相《さいしょう》だろう」

「ヴァシル様を消したいノーツェ領の人間に」

「残虐《ざんぎゃく》公か、兄のヴゥルガ公子。あるいは、エクィル公子。全員かもしれんが」

ごく簡単に、イアソンはリディエの推測に同意した。

ひどく頭痛がする。

「ここは……どこ？」

「スキュイラ様の私荘の外れだ。医者の家で世話になっている」

そこまで聞けば、嫌でもわかる。自分を救い、保護しているのが何者か。

リディエは、スキュイラに助けられたのだ。あの非情な女に。

いっそう頭痛と目眩がひどくなった。

「……なにも考えられない」

「芥子の汁は要るか?」

リディエは、ゆっくりとベッドの上に身体を倒した。

痛みは、まだ身体に残っているが、意識が鈍るのには耐えられない。

「もう要らない。これ以上ぼんやりしてたら、残虐公がそこにいても気づけない。仇《かたき》を討ち損なうわ」

「斬《き》る時はオレが斬る。……よく休んでくれ」

イアソンは、部屋から出ていった。足をやや引きずり、二の腕辺りを庇《かば》っているのに気づく。彼も深手を負っていたようだ。

「痛……」

寝返りを打とうとして、痛みに顔をしかめる。

この傷の深さでは、傷跡がくっきりと残るだろう。祖父や父の古傷を思い出す。顔にせよ、身体にせよだ。元に戻るとは思えない。

縁談に障《さわ》る——と頭をかすめたが、すぐに無意味だと気づいた。

リディエはスキュイラの夫殺しに加担したことにされているのだ。破談になったに決まっている。

「どうして……」

いつぞやのヴァシルのような言葉がもれた。

森の木から落ちた葉が、川に流され、海の上で嘆《なげ》くようなものだ。無意味である。

それでも、リディエは「どうして……」と繰り返していた。

残った仲間たちは無事だろうか。家族たちは。

考えはまとまらず、身体に残った芥子は、ゆったりとリディエを眠りに誘っていく。

——夢を見た。

リディエはラーベル宮殿を出、家族の待つ馬車に乗る。

務めを終え、故郷に帰るのだ。

母の顔色はよく、兄も、妹も、笑顔だった。お疲れ様。長い間ありがとう。これからはずっと一緒ね。家族からの労《ねぎら》いの言葉に、リディエは涙した。

馬車が進むと、窓の外では女王即位のパレードが行われている。ヴァシルが、女王の横で民の声に応《こた》えていた。あぁ、よかった。立派な王配に恵まれて、と家族の誰かが言う。

よかった。よかった。

さぁ、ガラエルに帰ろう。

夢から覚める前に、気づいた。こんなことが、起きるはずがない、と。

寝ている間にこぼれた涙が、頬《ほお》に冷たかった。

リディエが、杖を使って歩けるようになった頃、イアソンも足を引きずらなくなった。イアソンの部屋は隣にあるらしく、剣を振る音が時折聞こえてくる。日に一度は、必ず部屋を訪ねてきて、調子を確認してきた。はかばかしい答えは返せないが、こちらも、彼の回復具合は確認できた。

この家の一階は医者の診療所なのだそうだ。いつも手当てをしてくれるのは医者の妻で、リディエの意識がはっきりしはじめた頃から、外の様子を教えてくれた。

「ヴァシル様の件は、どう伝わっているのです？」

手当ての最中にリディエが尋《たず》ねると、医者の妻は「しぃッ」と人差し指を口に当てた。

「ヴァシル様は、静かの森でお怪我をなさって、ご療養中ということになってます」

「ご療養……ですか。苦しいですね」

遺体が見つかっていないので、ひとまず誤魔化《ごまか》しているのだろう。

いずれ時期を見て、崩御したと発表するのかもしれない。

「もちろん、誰もそんなの信じちゃいませんよ。先日、伯父が王都の様子を見にいってくれたんですが、『スキュイラ様がご夫君を殺した』と噂《うわさ》になっているとか。……背法者だとまで言い出す者もいるようです」

反スキュイラ派にとって、千載一遇《せんざいいちぐう》の好機だ。

ここぞとばかりに、スキュイラを中傷するだろう。容易に想像がつく。

神殿が背法者と断じれば、スキュイラは地位も財産も失う。女王位どころの騒ぎではない。法の神を奉じていない半島内の他国へ嫁ぐくらいしか、残された道はないだろう。

「スキュイラ様の指示で、我々が手を下したことになっているんですね？」

医者の妻は、スキュイラ贔屓《びいき》だ。治安もよく、税も安いこの私荘において、王女を愛さぬ者はいないそうだ。彼女は、多少迷ってから「はい」と答えた。

「『ノーツェ領邸からラーベル宮殿に派遣されていた極北旧領出身の男女が、王女様から多額の報酬《ほうしゅう》を得て王子殺しを画策した』――とか。手配書も回っていたそうです」

手配書、と聞くと、いよいよ緊迫感が増す。

黒い髪と、切れ長の目、くっきりした眉。背は高く、骨格は直線的。極北出身者の特徴は、王都近辺では目立つ。東部、西部、南部でもそれは同じだ。

だが、逃げるにしても黒髪の多い北部もまた危険だ。ノーツェ領は北部の八割を占める。ウロス公の息子を殺した者が生き延びられる土地ではないからだ。

一緒にヴァシル脱出計画に関わった領邸の仲間たちも行方《ゆくえ》知れず。家族の安否もわからぬまま。

頼れる者もなく、どこにも居場所はない。

（どうして、こんなことに……）

絶望の闇《やみ》は、どこまでも深い。

身体の痛みは、日々引いていったが、心の闇は増すばかりであった。

それは、突然の訪問だった。

八月も終わりが近づいた頃、スキュイラが医者の家を訪ねてきたのだ。

そして、言った。

「梟砦《ふくろうとりで》を拠点にした、飛地《とびち》王領の新荘を創設したわ。貴女《あなた》、そこの荘主になって」

挨拶《あいさつ》も、まだ終わっていない。

リディエは二階にいて、杖に苦戦しながら階段を下りている最中だった。

（本当にこのお方は、いつもこの調子なのだから！）

医者の家の居間の半分は、診療所を兼ねていて、テーブルもこぢんまりとしたものだ。

リディエは、医者の妻から借りた、簡素な服を着ていた。

スキュイラはフードを被ったままで、青く美しい瞳も暗く見える。

（ずいぶんと遠いわ。……すべてが）

二カ月前の、春陽《しゅんよう》の間での会話が、遥《はる》か昔のことのように思われた。

多くの変化があった。リディエが、スキュイラに向ける感情も大きく変わっている。

あの崖の上から落ちるまで、リディエはスキュイラの魔の手から、ヴァシルを救うために奔走《ほんそう》していたのだ。——それが、今や命を助けられ、保護される立場である。

変化はあったが、心の在《あ》り方は簡単に切り替えられない。複雑な感情は残ったままだ。

膝《ひざ》を曲げて礼を示すこともできないリディエに、スキュイラは「座って」と促《うなが》した。

リディエはスキュイラの向かいの席に腰を下ろした。その横に、イアソンも座る。

王家の者が誓約書を入れる、金の丸筒がテーブルの上に二つ置かれる。中から出てきた誓約書には、ルナヴィア王家の獅子《しし》の紋章と――カイエン家の黒鷹《くろたか》の紋章が描かれている。

生まれ育った城の、城塔の最上階にあった父の執務室に飾られていたものと同じだ。

そこには、『イラ荘』という見慣れぬ文字が書かれていた。

「これは……その新荘の名ですか?」

「そう。いい名前でしょう?」

新荘の名は、自分の名の一部から取ったようだ。得意気な顔は、本当に自身の命名に満足している様子であった。

この時、リディエは小さな感動を覚えた。

(しぶとい人だわ。呆《あき》れるくらいに)

これほど絶体絶命の状態で、この儚《はかな》いほどの美貌《びぼう》の人は、自分の名を冠した新荘を創設しようとしているのだ。自信満々に。

複雑にからまった感情も、驚きのあまりいったん落ち着いてしまった。

「たしかに、豊かに育ちそうな名です。――少し、お話をうかがってもよろしいでしょうか？　こもっておりますので、情報が十分ではありません」

「まず、これだけは言っておく。ヴァシルを襲わせたのは私ではないわ。ケイルが私の取り巻きだってことは誰でも知ってる。その彼が主催する狩りの場で、それも私荘内の森で、わざわざヴァシルを暗殺せよなんて言うわけないじゃない」

スキュイラは小さく「そんなにバカじゃないわ」と忌々《いまいま》し気に言った。

（たしかに、スキュイラ様の言う通りだわ。殺すなら、疑いの目を向けさせぬよう、細心の注意を払うはず。女王位を狙《ねら》うお方なら、なおさらよ）

故郷への道を断たれるのではないか——という恐怖が、仲間たちの冷静さを奪っていたのかもしれない。

だが、毒味役の死亡は、それだけの衝撃だった。

「毒味役の死亡に関しては——」

「私じゃない。殺すなら、もっと早くに消していたわよ。証拠など残さずにね」

このままでは、ヴァシルが殺されてしまう。——あの恐怖は、幻であったらしい。リディエの杖を持つ手に、ぎゅっと力がこもった。

「わかりました。この件に関して、今の状況を踏まえればスキュイラ様のおっしゃることが理解できます。ただ……狩りの当日、私の目の前でヴァシル様は肩を射られております。最初の矢が馬に当たり、落馬された直後でした」

「ケイルは、ヴァシルを森に置き去りにして怖がらせようと思っていただけよ。笑いものにしたかったんですって。矢さえ射かけていない。最初の矢を射たのは、宰相の手の者よ。ヴァシルの馬に刺さっていた矢で確認した」

「では、宰相がヴァシル様を……」

「いいえ、違うわ。宰相は、ヴァシルを殺す気はなかったはずよ。確実な殺害を狙っているにしては作戦が粗《あら》すぎるもの。目的は、私に背法者の汚名を着せること。落馬だけでも十分だった。だからこそ、射手も一人だったのよ。その射手は、殺されて近くの洞窟《どうくつ》に放置されていたわ。ただの口封じなら、もう少し離れたところですると思わない？」

思惑と思惑が、入り乱れている。そうしてまた、死が重なった。リディエは重いため息をついた。

まるで戦《いくさ》だ。次々に、弱い者から殺されていく。

「……落馬された直後、ヴァシル様の肩を射たのは、ケイル様でも、宰相の手の者でもない、別の誰か……ということになりますね」

「そう。別の意図を持った人間が、あの日、あの場にいた。この混乱に乗じて、本当にヴァシルを殺す気でいた人間がね」

頭に、候補の名が浮かんだ。ごく、あっさりと。

「まさか……ウロス公が……？」

口にした途端、サッと血の気が引いた。

ここでリディエは、計画の甘さを知る。

そもそも、ヴァシルを生かしてノーツェ領に逃がそう、という提案自体が間違っていたのだ。スキュイラも、宰相も、ヴァシルを殺すつもりまではなかったのだから。

横にいるイアソンを見たが、彼の表情は変わらない。

リディエは、すぐに視線をスキュイラに戻した。

ルナヴィア国内に、ヴァシルを殺そうとする者はいなかった。とすれば、自分たちは、一体なにからヴァシルを逃そうとしていたのだろう。——命まで懸けて。

「そうだと思うわ。事の規模からいっても他は考えられない。殺されたのは……まぁ、まだ遺体は見つかってないけど、ヴァシルだけじゃないわ。あの日静かの森にいた、極北出身の者たちは、全員殺された。貴女たち二人を除いて」

思わず胸を押さえる。

衝撃の大きさに、呼吸さえままならない。

(どうして……)

領邸で働いていた誰もが、故郷に帰る日を待ち望んでいた。

ただ、帰りたい。その一心であったというのに。

「私事ですが、私の——いいえ、我々の仲間たちの家族は、無事でしょうか？　彼らは、極北旧領の貴族で、ラーベル宮殿で働く者たちの人質でした」

「貴女の家族だけ、消えたわ」

「え……き、消えた……？」

リディエは、顔色を失った。

「貴女の家族以外は、全員無事よ。ノーツェ領邸の連中が、官舎から追い出そうとしてたから、こちらで保護した。でも——貴女の家族だけ、姿を消しているの。私がつけた護衛は、殺されていたわ。三人いた兵士が三人ともね。物取りではない。部屋にあったものは、すべてそのままだった。ただ、部屋に——これが、落ちていたそうよ」

スキュイラは、テーブルの上に、ハンカチで包んだ獣《けもの》の毛を見せた。

リディエは、痛む手でつまんでまじまじと見る。これは、銀狼《ぎんろう》の毛皮だ。

刃物で切られたのだろう。断面が鋭い。

「北部の人間……ですね」

夏でも毛皮を手放さないのが北部人だが、リディエの家族は、王都に来るにあたって毛皮を持ち込んではいない。逃亡生活の果てに捕らえられ、毛皮も革靴も奪われた。高価な部類の銀狼の毛皮など、所有しているはずもない。

「護衛の殺し方からいって、下手人は人殺しに慣れている。殺す気なら、貴女の家族も殺していたはずよ。護衛の兵士を殺すより、ずっと簡単ですもの」

並んでいる事実だけから判断すれば、リディエの家族は攫《さら》われたのだろう。

だが、わからない。

「しかし、北部の人間は、元領主の家族などに価値を認めていません」

逃亡中だった二年前、リディエは家族ともどもウロス公に捕らわれている。カイエン家の生き残りに用があるのであれば、その時に済ましていたはずだ。解放し、改めて攫う手間をかける必要はない。

母も、兄も、妹も、心身共に健康とはいえない状態だ。なにかの役に立てるとすれば、リディエを操るため以外にない。彼らの役割は、人質だった。

だが、当のリディエは崖から突き落とされている。辻褄《つじつま》があわない。人質を取るならば、リディエも捕らえるのが筋だろう。カイエン家の生き残り。前領主の妻。第二公子。第三公女。その三人のいずれか、あるいは全員に用があった――ということだろうか。

「今回の犠牲者の家族は、来年になったらイラ荘に送るわ。――さ、今すぐに北部に発《た》って。王国軍が近くまで来ているの。話はイアソンにしてある。さ、サインを」

スキュイラが手振りで示すと、医者が羽根ペンを持ってきた。

――リディエ・カイエンをイラ荘の荘主に任ずる。

何度かまばたきをしてみたが、見間違いではない。たしかにそう書かれていた。

「しかし……私が荘主になっては、ますますスキュイラ様の陰謀《いんぼう》だという説が勢いづくのではありませんか？　手配書まで出回っているとか。王都内だけでなく、ウロス公とて黙ってはいないでしょう」

「ヴァシルの馬を射た矢と、射手の軀《むくろ》はこちらが押さえているから、宰相も近々黙るわ。ウロス公も、息子殺しは公《おおやけ》にはしたくないでしょうから、こちらが押せば黙るわよ。とにかく今は、誰にも捕まらずにイラ荘まで逃げ切って。泣き寝入りするっていうなら止めはしない。——でも、銀狼の男は、また貴女の前に現れるわよ。必ず」

泣き寝入りをする気など、さらさらない。

リディエは、医者が用意した羽根ペンを手に取る。

「ありがたく、お受けします」

誓約書に向かう手は、少しだけ震えた。

一つ、王家への忠誠を須《すべか》らく示すべし。

二つ、私の闘争を厳に禁ず。

三つ、法の神を奉じ敬《うやま》うこと。

王領の荘主の誓約は、領主のそれと同じらしい。

これは、ただ荘主の地位に就く、という以上の意味がある。

国王との誓約だ。ラーベル宮殿で働くのとはわけが違う。反逆者の子孫は、国王との誓約は禁じられている。この誓約は、父の名誉の回復をも意味していた。

リディエ・カイエン――と署名する。

もう、父は逆賊《ぎゃくぞく》ではない。リディエも逆賊の子ではなくなった。

なんという巡りあわせだろう。運命の波の激しさに、気の遠くなる思いだ。

スキュイラは、サインを終えた一枚を、くるくるとまるめて金の丸筒に入れた。神殿への提出用だ。二枚目は、リディエが自分で丸めてもう一本の丸筒に収めた。

気の早さは相変わらずだ。スキュイラはもう扉を開けている。

杖をついて、あとを追った。久しぶりの屋外は、季節の移ろいを感じさせるだけ風が冷たい。だが、火照《ほて》った頰にはいっそ心地よかった。

スキュイラは馬車に乗り込んでいて、窓だけが開いている。

「私、夫にするなら貴女みたいな人がよかった」

フードをするりと脱いで、スキュイラは珍しく無駄な会話をはじめた。

こんなとんでもない妻など、リディエは持ちたくない。

そのまま感想を口にしたわけではないが、顔には出ていたようだ。スキュイラは心外そうに眉を寄せていた。

「殿下は、夫を迎えるよりも、妻を迎える方が向いておられるように思います」

だが、この返しは心に適ったらしい。嬉《うれ》しそうに笑んだ。

「そうね。そっちの方がいいわ。貴女も、私みたいな夫がほしいでしょう？」

スキュイラは、どうあってもリディエに肯定させたいらしい。どう返すべきかと一瞬迷ったが、女を道具としかみなさない夫よりも、能力を認めて多くを任せてくれる夫の方が、遥かに有益だ。

「左様でございますね」

リディエの控え目な肯定に、スキュイラは満足したらしい。やっと無駄話を打ち切った。

「私は、女王になるわ。貴女は北部を治めて」

その言葉が、愛の女神の矢のごとく、すとんと胸に刺さった。

それまで、リディエの望みは、家族と共に故郷へ帰ることであった。荘政に関わりたいとは思っていたが、せいぜい旧ガラエルの範囲内の話だ。北部全体を視野に収めていたわけではない。

極北の仲間を失い、家族を巻き込み、自身も死にかけたことで、見えるものが変わった。

自分だけが生き残ってしまったという呵責《かしやく》も、背中を押したのだろう。

すべては、ウロス公の極北侵攻が元凶だ。

残虐公の招いた北部の動乱を終わらせ、かつ、復興を遂げねばならない。

そうでなければ、自分も、仲間たちも、その家族も救われることはないのだから。

——リディエ・カイエンという政治家は、この瞬間に誕生した。

「はい」

そして、このリディエの返事によって、スキュイラ・イリジアという政治家も誕生したと言える。北部への介入なしに彼女の功績は語れない。机上の空論、と揶揄《やゆ》された彼女の理想は、忍耐強く計画を実行し得る協力者を必要としていた。

のちに馬車の両輪にたとえられる二人の関係は、この時はじまったのである。

背法者の誹《そし》りを受ける夫殺しの王女と、その協力者の亡領の公女として。

「ひとまず税は免じてあげるから、五年でイラ荘を領にして。それで議会も黙るわ」

ニッとスキュイラが、笑んだ。

荘は、領の支配下にあり、経済的な自立が求められない。対して、領は自治が前提だ。経済面においても独立する必要がある。

五年で領に――とは、現時点で可か不可か断じるのは難しい。なにせ荘の規模も、人の数も不明なのだ。

不明ではあるが、神々の逸話めいた離れ業《わざ》を要求されているのはわかる。梟砦の付近は、決して豊かな土地ではないからだ。

だが、答えは他になかった。

「お約束します」

「期待しているわ。私たちの時代を、一緒に創《つく》りましょう」

窓は閉まり、馬車が動き出す。

すぐに別の馬車が、医者の家の前に停まった。

リディエは躊躇《ためら》わなかった。医者とその家族たちに礼を伝え、馬車に乗る。イアソンも無言で向かいに座った。

静かに走り出した馬車の中で、二人は長く無言であった。


北へ——向かう。

王都を出たあとは、まず王領内を北に移動し、塩の道につながる関所を目指す。そこから先は塩の道を北上して、極北へと向かうことになる。

塩の道は、極北にある半島のつけ根からはじまり、南端の商港へと至る街道だ。塩の道、という名の通り、古来、半島産の塩が最大の荷であった。塩の産地は北部の西海岸、ウロス家の本拠地に多い。

北部にも小さな領はいくつか残っているが、ほとんどが外海に面した北西部に集中している。痩《や》せた土地で細々と生きる小領は、塩の道との関わりどころか、北部の動乱とさえ無縁だった。

王領を一度出れば、目的地のイラ荘を除いてすべてがノーツェ領の領土である。

敵地を突っ切るのだから、いかに手形を持っていようと緊張は伴う。行動には、慎重さが求められた。

「様子がおかしいです。いつもと違う」

その日は、王領内最後の夜を、宿場の宿で過ごしていた。

王領北限の宿場町だ。殺伐《さつばつ》として華やぎのない北部を経《へ》た旅人にも、これから北部に向かう旅人にも、明るさと豊かさを求められる土地である。

もう日が落ちて久しいが、辺りは騒がしい。

楽器の音や、調子外れの歌。女の大笑い。男の怒鳴り声。

そんな中、偵察に出ていたマノスが戻ってきた。滅びた極北の旧領の一つであるオライエ領の騎士の子だという。黒髪で長身。長い髪を一つにまとめ、黒狐《くろぎつね》のストールを身に着けている。一目でそれとわかる北部の若者だ。今は、街道保安隊に所属しており、リディエらを迎えに来ていた。

「手形があろうとお構いなしで、馬車の荷まですべて検《あらた》めています。強引です。なにを探っているのか……協力的でない者は、次々牢《ろう》に入れられていました」

続けて報告をしたのは、マノスの弟のミキスだ。

兄のマノスとそっくりで、リディエはもう何度も呼び間違えている。

彼らは、街道保安隊として王都との連絡を行っており、北部と王都の行き来に慣れている。その彼らが言うからには、異常な状況であるのは間違いないだろう。

（いきなり暗礁《あんしょう》に乗り上げたわね）

旅程は、王領を出て塩の道を北上すれば半月程度。だが、まだ王領から出てさえいない。幸先の悪い話だ。

「ノーツェ領が不安定なのは、今にはじまったことじゃないわよね？　なにがあったの？」

兄弟は「わかりかねます」と揃《そろ》って首を横に振った。

「しかし、関所の兵士がいつもの三倍はいました」

「こんなことは、今までなかった。街道を通るのは諦《あきら》めましょう」

マノスとミキスは、口を揃える。たしかに、この状況で塩の道に入るのは危険だ。

王領内の捕縛ならばスキュイラが手を回すだろうが、一歩ノーツェ領に入れば話は違う。相手は残虐公だ。捕まれば、拷問《ごうもん》の末の処刑は免《まぬが》れない。

「まだ……遠いわね」

イアソンの部屋に集まり、一行は卓の上の地図を見つめている。

「あぁ。だが、ここから山道を進むのは厳しい。……できるか？」

イアソンが、地図から目を上げ、リディエを見た。

まだリディエは歩行に杖が必要だ。馬での移動も、長くは続けられない。それでも「安全には代えられないわ」と言うしかなかった。処刑よりマシだ。

「我々が案内できます。険しくない道を選びましょう。お任せを」

「街道保安隊は、関所を経由せず王領と行き来する道を、いくつか確保しています」

マノスとミキスが順に言った。なんとも心強い提案である。

改めて、地図を眺める。

マノスが指で示したのは、塩の道の東側だ。

梟砦に入るまでには、ノーツェ領下の、四つの荘を経由していくことになる。

四つめに通るのが、南ガラエル荘――リディエが嫁ぐはずだった荘だ。

地図内の梟砦の場所は、赤く丸で囲われていた。

極北に王領の荘が突如として現れるとは、今もまだ信じられない。

（これから、北部は大きく変わっていくんだわ）

スキュイラは、北部人による北部復興を目標に掲げている。

最初の一歩としての街道保安隊。

次の一歩が飛地王領のイラ荘。

――私は、女王になるわ。貴女は北部を治めて。

スキュイラは、そう言った。

あれは、イラ荘にかけるスキュイラの期待の表れだろう。この期待に、リディエは応える必要がある。稀《まれ》なる女神の示すまま、進むしかない。

（こんなところで足踏みはしていられない。前に、進まなければ）

なにをするにも、まずは無事に梟砦へ到着しないことには話がはじまらない。

「よし、では夜明けと共に出発だ。くれぐれも慎重に行動してほしい」

イアソンが言うのに、それぞれがうなずいた。


梟砦を目指して北上するのは、リディエとイアソンの他、マノスとミキスの四人だ。他の護衛たちは、スキュイラに変事を知らせるために、王都へ戻っていった。

不穏な塩の道を避け、マノスが案内する山道に入る。

道は細く、馬車は使えない。鬱蒼《うっそう》と茂る北部特有の深い森を、馬で進んでいった。

針葉樹の森の、重い空気が懐かしい。

リディエは、額の汗を拭《ぬぐ》う。

広大な極北での暮らしには、馬が欠かせない。幼い頃から父と共に領を巡回していたリディエにとって、乗馬自体は苦痛ではなかった。問題は、この傷の痛みだ。

痛みを感じる度、様々な思いが去来した。家族のこと。仲間のこと。ヴァシルのこと。後悔ばかりだ。馬は前に進むが、心はいつも後悔に囚《とら》われたまま。

あの時、選択を間違えなければ——とめどなく後悔は湧くのに、どこが間違いであったのかがわからない。ヴァシルを見殺しにしていても、故郷に帰れず、路頭に迷うことになっていただろう。死ぬよりマシだったと、仲間たちは思っただろうか。

わからない。どうすれば、彼らが死なずに済んだのか、わからない。

馬に揺られたあとは、痛みのせいで眠れない。短い転寝《うたたね》でさえ、悪夢にうなされる。

長い旅は、苦痛と苦悩の連続だった。

――その旅も、終わりが近づいている。明日には、梟砦に到着できる、という日の夜のことだった。

リディエは、ぼんやりと焚火《たきび》を見ていた。

パルジャ城が近い。旧ガラエル領の主城で、リディエが生まれ育った城だ。今は南ガラエル荘の主城である。婚約者だったダミアン卿《きょう》の息子――名は、たしかナジム、だったような気がする――もそこにいるはずだ。

複雑に感情が揺れ動き、眠気が遠ざかる。

「眠れないのか。……少しでも、横になった方がいい」

焚火をはさんだ向こう側にいたイアソンが、声をかけてきた。

マノスとミキスは見回りに行っていて、焚火の近くにいるのは二人だけだ。

はぁ、とリディエは大きくため息をついた。

「そろそろ説明があってもいいんじゃない？　スキュイラ様に聞いているんでしょう？」

我慢の限界だ。疲れのせいか、声に混じる苛立《いらだ》ちを隠せなかった。

「尋ねず、知らず、考えず。それも一つの選択だ。ヴァシル様は、なにも聞かなかった」

イアソンが、情報を自主的に伝えてくれるものだとばかり思っていたのだが。

どうやら、違うらしい。ならば、言い争うよりも問う方が早い。

「……わかった。知りたいことは、きちんと尋ねるわ。イラ荘の範囲は？」

「南ガラエル荘の一部と、中央ガラエル荘の一部。旧キツォス領も含まれている」

頭の中で、おおよその範囲は推測できた。

センテ港以北の海岸線から、塩の道の周辺が含まれている。

密売の監視には絶好の土地だが、予想通り農地が絶望的に少ない。

（ウロス公が、そんなに豊かな土地を奉還するとは思えないもの、当然といえば当然ね。……あとは、あの山が、荘の範囲に入っているかどうか……）

ウロス公が渋々王室に奉還した痩せた土地を、五年で領にしろ、とスキュイラは言っているのだから、改めて無謀な話だ、とリディエは思う。

だが、この難関の向こうには北部復興の道が見える。

「人口は……二百人を切るわよね。保安隊の数は？　隊長も極北の人？」

「保安隊が百人。家族も移住してきている。二カ月前の段階では、荘の人口は三百から三百五十程度。保安隊の隊長はモガーラ・ディフネだ」

懐かしい名だ。モガーラは、父の腹心だった男である。

ウロス公に追われる身のはずだ。それが、今や王室直属の街道保安隊の隊長だというのだから、スキュイラがもたらした北部の変化は大きい。

「やっぱり信じられないわ。よくウロス公がこんな話を承知したわね。荘主にせよ、保安隊の隊長にせよ、人選にだっていい顔はしなかったはずよ。議会だって、十年放っておいたのに、今になって素直にうなずいたりする？」

保安隊も、飛地王領の新荘も、ウロス公の失政が前提になっている。失政を認めるような男であれば、残虐公などとは呼ばれていなかったはずだ。

王都側も同じで、ソーン四世にせよ、王都の貴族によって成るルナヴィア王国議会にせよ、簡単に失政を認めるとも思えなかった。

「スキュイラ様の話では、五年かけて議会を動かしたそうだ」

「……知らなかった。そんなに前から、スキュイラ様は北部を気にしていらしたのね」

五年前といえば、スキュイラは十三歳の頃だ。北部の争乱をソーン四世が傍観《ぼうかん》し続ける中、まだ幼い王女は議会に立ち向かい、かつ計画を推し進めてきたらしい。

いよいよ、スキュイラが稀なる女神に見えてくる。北部にとって、得難い存在だ。

「新荘は来年動くはずだったが……ヴァシル様の件もあって、急いだんだろう。荘主も、決まったのはごく最近のはずだ。極北の、滅びた領の領主の子から選びたいとは聞いていたが……」

イアソンが、目をそらす。

その表情から、彼が決定に不満を感じているらしいことが察せられる。

察しはできたが、面倒なので放っておいた。

リディエは、女だ。それも若い。ルナヴィア国内において、女性の為政者は存在した例がないのだ。反発は容易に想像ができる。一々腹を立てる理由もない。

「そんな状況なら、スキュイラ様もヴァシル様ともう少し――いえ、宰相の騙し討ちだったとは聞いていたけど……北部に関わるなら、もっと慎重になるべきだったんじゃない？」

「馬を育てるなら、馬を夫にすべきというのも乱暴な話だろう」

「ひどい譬《たと》えね！」

北部への介入と、北部から夫を迎えることはまったくの別物だ――と言いたいらしい。たしかに一緒にされてはたまらないが、言葉の選び方がひどすぎる。

想像の範囲を出ないが、いかに心の強靭《きょうじん》なスキュイラであっても、断りにくい空気はあったのだろうと思う。そうと聞いてから思い返せば、街道保安隊の発足の時期は、昨年の夏。ヴァシルとの婚儀の直前だ。

「オレは、スキュイラ様とヴァシル様が喋《しゃべ》っているのを、一度だけ聞いた。『ノーツェ領の現在の兵数は？』とスキュイラ様が尋ね、ヴァシル様は答えられず、それきり夫婦は会話をしないまま終わった。――アンタなら、どうする？」

イアソンの口元に、皮肉な笑みが浮かんでいる。

リディエは首を横に振り、ついでに目線を焚火の方にそらした。

「別に……どうもしないわ。相手には、なにも求めない」

嫌な問いだ。リディエは、不愉快な気持ちをそのまま顔に出す。

「南ガラエル荘でアンタを待っていた金髪の貴族が、同じ問いに答えられなかったとしても、同じベッドに入れたか？」

金髪は、ノーツェ貴族の特徴だ。面識こそないが、婚約者はウロス公の寵臣《ちょうしん》の息子。当然、髪は金色のはずである。

その様を想像し、リディエは深く眉間《みけん》にシワを寄せていた。

（無理よ）

荘の兵数も知らぬ夫と、どんな会話をしろというのか。

代々この土地を治めてきたのは、カイエン家だ。自分さえいれば、荘政は正しく行われる。夫は足を引っ張らなければ、それだけで十分だ。

その考えの道筋は、まるきりスキュイラと同じである。

（違う。違うわ。――私は、スキュイラ様とは違う）

リディエは、思いに囚われぬよう、枝をいくつか焚火に放った。

「貴方《あなた》なら、どうするの？」

「――そんな問いをする女は妻にしない」

見回りに行ってくる、と言い残し、イアソンは立ち上がった。

一々、癇《かん》に障る男だ。リディエはキッとイアソンをにらむ。

「貴方の父親は、礼節を知る騎士だったわ」

「アンタの父親も、強い領主だった」

イアソンは森の中に消えていく。

入れ違いにミキスが戻ってきて「少し、お休みになられては？」と優しく声をかけてくれた。イアソンとは大違いの優しさである。

リディエは「そうさせてもらうわ」と断ってから、横になった。

パチッパチッと枝がはぜる。

横にはなったものの、苛立ちのせいで、まったく眠れそうにない。

（荘主になったら、これからも似たようなことを何度も言われるわ。……侮《あなど》られる）

イアソンの侮りは、世の侮りだ。

覚悟の上である。だが、耐え方ばかり覚えるわけにはいかない。

（モガーラなら、早く夫を迎えろって言うわね、きっと。頭が痛いわ……）

リディエには、父もいない。長兄は死に、次兄は行方知れず。夫を迎える予定もない。

だからといって、侮りを受ける筋合いはない。

まして夫を迎えて問題を解決するなど、真っ平ごめんだ。

要は、リディエがこの侮りを許すか許さないか。問題はそれだけである。

（考えてもきりがない。今は休まないと……梟砦に着くのが先だわ）

リディエは目を閉じた。次第に周囲の音が遠くなっていく。

遠く――いや、近づいてくる。

足音に気づき、リディエはパッと身体を起こした。

見回りに行ったはずのイアソンが戻って「火を消せ」と言った。

「なにがあったの？」

「パルジャ城の方向に、火が見える」

ミキスが火を消している間に、マノスが、イアソンとは別方向から戻ってくる。

イアソンはマノスとミキスに「カイエン女卿を頼む。移動してくれ」と言いおいて、闇の中に消えていった。

（パルジャ城が――？　火事？　まさか、戦？）

今、パルジャ城を治めているのはダミアン家――ウロス公の寵臣だ。この界隈《かいわい》で、これほど安全な場所はないはずなのに。

「リディエ様、隠れましょう。残党狩りがうろついているかもしれません」

マノスがリディエを馬に乗せ、轡《くつわ》を取って歩き出す。ミキスは馬を運ぶため、後発することになった。

月明かりを頼りに、あらかじめ決めておいた避難場所に向かう。

狼《おおかみ》の遠吠えが、遠く聞こえた。

避難場所の洞窟に近づくと、中から流れてくる空気はひんやりと冷たい。

――声がする。

数人の足音が聞こえてきた。

マノスもリディエも、息を殺して動きを止める。

「くそ、迷ったな。朝を待つか。……しかし、極北は寒いな！」

「いや、夜のうちに城へ戻る。処刑を見逃すわけにはいかねぇからな。オレはあのダミアン卿が大嫌いだったんだ。ウロス公に媚《こ》びて城を手に入れ、酒に女にと好き勝手してやがった。吊るされる時には、拍手喝采《かっさい》を送ってやりてぇ」

「そうだな。せっかくだから、あの白豚の吊るされるところを拝んでおくか」

「死んだウロス公にだって、うんざりしてたさ。戦、戦で、俸給は上がらねぇのに、物は高くなる一方。次から次と新しい税金がかけられる。酒に煙草《たばこ》に、去年は馬。今年は暖炉《だんろ》。そのうちパンを入れる籠《かご》にまで税がかかるようになるぞ。やってられねぇよ。こっちが高くなった酒をチビチビ飲んでる間に、媚びた城主だけが、酒を浴びるほど飲んでブクブクと肥《こ》えてやがる」

「祝い酒に期待するか。配られる酒なら、税もかからねぇからな。新たなウロス公万歳だ」

ははは、と笑う声が、遠ざかっていく。

リディエは、暗闇の中でマノスと目を見あわせた。

(死んだウロス公？　……それに新しいウロス公って……どういうことなの？　しかも、ダミアン卿が処刑って……)

とっさに、事態が飲み込めない。

そのまま受けとれば、ウロス公が――残虐公が死に、長男のベゥルガ公子が後を継いだということだろう。

(ウロス公が……残虐公が、死んだ？)

ノーツェ領主のアラン・ウロスは、侵攻と苛政《かせい》により、極北に血の雨を降らせた男だ。

極北八領はすべて滅び、半島に五百年続いた旧家の貴族たちは、次々と殺された。生き延びた男は大陸の炭鉱に売られ、女は妓楼《ぎろう》に売られ、他は流民となった。

リディエの生きる糧《かて》の半分は、この残虐公への憎悪であった。

そんな男の死を、こんな場所で一瞬耳にしただけでは信じられない。

声と音が遠ざかり、洞窟の中に入ったところでミキスが合流した。

「やはりパルジャ城は落とされたようです。今の兵士たちは、キルシュテ城から来た残党狩りでした」

ミキスは、呟《つぶや》くように「信じられませんが」とつけ加えた。

「ミキス、貴方も聞いた？　ウロス公が死んだって……」

「はい。ウロス公とベゥルガ公子が亡くなったと──」

「……ベゥルガ公子まで？」

領主とその後継ぎが、同時、あるいはごく短期間に死亡した──とは俄《にわ》かに信じがたい話である。

病や、事故だけとは限らない。暗殺、という可能性も考えられる。

（でも、残虐公の寵臣だったダミアン卿が処刑されるなら、残虐公の死も現実味を帯びるわね。それに、関所の混乱も、説明がつく）

権力者が代わり、前時代の寵臣が粛清《しゆくせい》されるのは世の常だ。その寵が偏《かたよ》っていれば偏っているほど、短期間、かつ残酷に行われるものである。

だが、それでもまだ信じがたい。

ウロス公は、あまりに強大な存在だった。

年齢も、まだ五十代になったばかり。ソーン四世と違って、病の噂も聞こえなかった。

「朗報には違いありません。残虐公は、地獄《じごく》に落ちたと信じましょう。これで父の無念も晴れます。──カイエン公のご無念も」

マノスとミキスは、互いの顔を見てうなずきあう。

しばらく待つとイアソンとも合流でき、多少詳しい情報が手に入った。

「パルジャ城は、ノーツェ領軍に落とされた。明日の早朝に、ダミアン卿の処刑が行われる。――卿の息子も、一緒だそうだ」

ダミアン卿の息子は、リディエの元婚約者だ。

顔も見たことのない、名前もはっきり思い出せない相手だが、処刑と聞いては身がすくむ。

「ダミアン卿は、なんの罪で処刑されるの？　その新しいウロス公の粛清？」

「キルシュテ城で、ウロス公とヴェルガ公子が殺害された。その下手人が、パルジャ城に潜伏していたらしい。ダミアン卿は、その大罪人を庇った罪で処刑されるそうだ。――まだ、当の下手人は捕まっていない。山狩りをするという話もある」

「残虐公を殺せる人間なんて、この世にいないと思っていたわ……」

難攻不落のキルシュテ城。北部一の強兵。戦闘に特化した軍隊。人の首を捻《ひね》り殺すという膂力《りょりょく》。ウロス公殺害など、天に上るよりも難しいはずだ。暗殺を企《くわだ》て、果たせず死んでいった者は数知れない。

「まったくだ。あの悪魔のような男に杭《くい》を刺せる者など、オレにもまったく見当がつかない。とにかく、軍の指揮を執っているのは新たなウロス公――第二公子のエクィルだろう」

リディエは、重いため息をついた。

よりによって目的地の目前で、これほどの危機に見舞われるとは思っていなかった。

「ここには留まれないわね。あと少しだっていうのに……」

「あぁ、あと少しだ。一番いいのは、処刑の混乱を利用する方法だが……」

処刑、という言葉が、生々しく迫ってくる。

リディエは、胸を押さえた。

「処刑の……」

故郷の城で、それも父と兄が吊るされた場所で、元婚約者とその父親が吊るされる。

考えただけで恐ろしい。呼吸が乱れた。

「耐えられるのか？　アンタに」

「た、耐えるしかないわ。なんとかする」

「できないだろう。兵士の声、剣の音。いつもビクビクと怯《おび》えている。――だから、嫌だったんだ、オレは」

恐怖の記憶は、色褪《あ》せることがない。

パルジャ城が落ちた日のことも、一年間逃亡を続けた日々のことも、いつも頭にこびりついて離れない。

イアソンの言う通りだ。武器の音も、兵士の声も、耳に入れば身がすくむ。

だが、これはリディエが臆病《おくびょう》かどうかの問題ではない。

目の前の男の、侮りを容認するかどうかの問題だ。

「それで？　……言いたいことがあるなら、はっきり言ったらどう？」

「アンタを女卿に据えるとスキュイラ様が言い出した時、オレは反対した。知恵はあるが、心が弱い。偉大だった父親とは、比ぶべくもないからな」

蔑《さげす》みは、水に垂らしたインクと同じだ。

あっという間に水の色を変えてしまう。ヴァシルへの蔑みが、蜂《はち》の会に伝染したように。

リディエは、ずいとイアソンに近づいた。

「今の言葉を、カイエン家の廟《びょう》の前でも言える？　言えないのなら、今この場でも口にしないことね。侮辱《ぶじょく》は許さない」

「…………」

イアソンは、リディエを見つめたまま黙った。

そこに、マノスとミキスが揃って抗議をはじめる。

「イアソンの態度は目に余ると思っていた。敬意を払え！　怯えておられるなら、それは守り切れぬ護衛の怠慢《たいまん》だぞ」

「そうだ。果敢にもつらい旅に耐えておられるではないか！　これ以上、なにを強《し》いるというのだ！」

二人の抗議が効いたのか、イアソンは反抗を諦めたらしい。

「……お許しを」

突然、口調が変わった。

リディエは「よして」と不味《まず》いものを食べたような顔で、後ろに下がる。

「ありもしない敬意を示せとは言ってないわ」

「いえ。担《かつ》ぐ神輿《みこし》に文句をつける暇はありません。非礼をお詫《わ》びいたします」

敬意と呼びようのない内容の発言ながら、思いがけない丁寧さで、イアソンは胸に手を当てて礼を示した。

自分が騎士の忠誠に値するとは、リディエも思っていない。今は、面と向かって侮辱してこなければ十分だ。

「さぁ、この危機を乗り越えましょう。梟砦は近いわ。——イアソン、作戦を教えて」

イアソンは、会釈《えしやく》をしてから説明をはじめた。

どこで調達したのか、ノーツェ領軍の兵士の鎧《よろい》と剣とが四人分、洞窟の岩の上にがしゃりと置かれる。

「山狩りが行われる城外は危険です。処刑の混乱に乗じて、パルジャ城の内部を通過しましょう。城内の方が逆に安全です。城に入り、馬車を調達し、城を出る。そのまま馬車で進めば、夜には梟砦にたどり着けます」

「兵士の出入りの激しい城を、あえて突っ切る……わけね」

「ここは北部です。王領と違って、我らの容姿は凡百に紛れる。今、この騒ぎの瞬間にしか成し得ない手ですが——」

「やるわ」

「兵士の格好をしていただきます」

「構わない」

「処刑が、目に入ります。耐えられますか？」

耐えるしかない。迷えば、この混乱の中で命を落とすだけだ。

まだ、リディエは死ぬわけにはいかなかった。

「――無駄な話は嫌いよ」

リディエは簡潔に答え、鎧を手に取った。


パルジャ城は、鬱蒼とした森に囲まれた丘の上にある。

二百年前、ルナヴィア王国に帰順した際に、当時の国王から贈られた城だ。そのため、極北八領の主城の中では、飛びぬけて新しい。以前あった場所よりも王都に近いのは、王家からの信頼の証《あかし》であったのだろう。

霧と同じ色をした幕壁《まくかべ》が見え、その向こうには黒い城塔がそびえていた。

二重の城壁は、堀を備えた外側を幕壁、城塔を守る内側は盾壁《たてかべ》と呼ぶ。

マノスとミキスと共に、リディエは馬で幕壁に近づいていく。三人とも、ノーツェ領の兵士の姿だ。

リディエは、幕壁を見上げた。

生まれ育った懐かしい城である。懐かしいはずなのに、今はまったく見知らぬ場所よりも、強く孤独を感じさせた。この灰色の壁は、こんなにもよそよそしかっただろうか？

いつもリディエを出迎えてくれたはずなのに。

いったん馬を下り、跳ね橋を渡って幕壁の門をくぐる。

イアソンが言うように、人の出入りは多い。

不審に思われぬよう注意を払いつつ、辺りを探る。城内に、荒れた様子はなかった。夜に火は上がっていたが、戦闘自体は激しくなかったようだ。

馬場を抜け、厩舎《きゅうしゃ》に馬を繋《つな》ぐ。「もうすぐだ」「急ぐぞ」と兵士の会話が聞こえてきたので、処刑が近いのだろう。

厩舎を出ると、黒い盾壁の門の辺りは、ひどく混雑していた。

（黒髪の兵士が多い……なんとか紛れ込めそうだわ）

毛皮のストールとマントを羽織った指揮官の髪は、ほぼすべてが金色だ。

兵士の髪の色を確認すれば、金の髪は二割ほど。黒髪も同じ程度いるようだ。あとは明暗の差はあれど、おおよそ茶系の色である。イアソンが言っていたように、自分たちの姿はとりわけ目立ってはいない。

処刑は、盾壁の門で行われるのが常だ。生死を問わず、裸で吊るされる。

そこに、ぶら下がる縄が、二つ見えた。

その生々しさに、恐怖は加速する。

父と兄の処刑が行われたのと、同じ場所。同じ二つの縄。残虐公に、なにもかもを奪われたあの日。怒り。屈辱。強い感情が、恐怖となって襲いかかってくる。

心臓が早鐘を打つ。しっかりしなくては、と思うのに、動揺が収まらない。

「こちらへ」

マノスに庇われながら、人だかりの中を前へ前へと進んでいく。

裏門の近くで、イアソンが馬車を手に入れて待機しているはずだ。なんとか、そこまでたどり着きたい。

わぁっと声が上がった。

——処刑が、はじまろうとしている。

その歓声の熱とは裏腹に、リディエの身体は凍《こご》えた。

恐怖が伝わったのか、マノスが立つ位置を変えた。リディエの目から、酷《むご》い様子を隠そうとしてくれたようだ。

「どうぞ、薄目のままでお進みを。誘導いたします」

こそり、と逆側に立つミキスが囁《ささや》く。

その時——声が響いた。

「パルジャ城の奸臣《かんしん》・ダミアンは、大罪人を匿《かくま》った！　私は生涯忘れないだろう。エクィルが、血の海になった玉座の間で父と兄の軀を踏みつけた様を。大罪人には、速やかに罰を与えねばならん。まずは、大罪人を匿ったこの男からだ。反逆者には死を！」

その声を、リディエは知っていた。

見てはいけない――そんなことはわかっている。

身の凍る強い恐怖と、己を刺す刃《やいば》の鋭さを確認せずにはいられない衝動と。

二つの相反するものが、頭の中でぶつかる。

「反逆者には死を！」

反逆者には、死を！　と唱和が三度続いた。

ウロス公万歳、ウロス公万歳――と唱和が交じる。

ひどく、ゆっくりと世界が動いていた。

振り返る直前に、イアソンの姿が目の端に映ったような気がする。

目線が、処刑を宣告した男の振り上げた拳《こぶし》に移り――黒い盾壁が見え――もがく足が、見えた。肌色の、太い足が四本。

「見るな！」

なにかを、頭から被せられた。

布のようなものであったと思う。イアソンの配慮だったようだ。

しかし、たしかに一瞬だけ見えた。――銀の狼の皮が。

リディエの意識は、そこで途切れる。

――気づいた時には、馬車の荷台の上にいた。

身体が、ひどく痛む。

「目が、覚めましたか」

イアソンの顔が間近に見えた。馬車の揺れから、リディエの頭を守っていたらしい。膝枕をされている。

「あ……ごめんなさい。ありがとう」

ゆっくり、きしむ身体を起こす。

流れていくのは、見覚えのある風景だ。夢にまで見た。ガラエルの山々がそこにある。

パルジャ城からは、脱出できたらしい。

（失神したんだわ、私。……耐えると啖呵《たんか》を切っておいて、情けない）

マノスが御者台に座っている。荷台の後ろに座るミキスが「無事に脱出できました」と優しく言った。

リディエは三人に「ありがとう」と礼を伝える。彼らの助けなしでは、無事な脱出は不可能だったろう。

マノスとミキスは穏やかに返事をしたが、イアソンの表情は硬いままだ。

嫌みの一つも言ってきそうな男は、しかし、

「見ましたか?」

とだけ問うた。問いの意味は、すぐにわかった。

ヴァシルを見たか?　と聞いたのだ。

「えぇ、見たわ」

たしかに姿は見たものの、まだ信じられない。

ノーツェ領の新たな領主は、次男のエクィルではなく、三男のヴァシルだった。

しかも、父と兄を殺したのは、その次男のエクィルだという。

(わけがわからない。あの狩りの日、なにが起きていたの?)

あの狩りの日、静かの森の崖の上から、どうやってヴァシルはキルシュテ城まで逃れたのか。まったく想像がつかない。

ヴァシルが生きていた以上、自分たちにかけられた疑いも晴れた。

お尋ね者ではなくなったというのに、動揺は去らない。

死ぬまでに一目見たいと思った風景を前にしても、輝きは感じられなかった。

梟砦は、崖の岩肌を穿《うが》って建てられた、塩の道の警備に特化した砦だ。

極北の塩の道は、山間部の谷川に沿っており、崖に東西をはさまれている。

この崖上の砦に配された弓隊の矢は、古くから盗賊たちを震え上がらせたものだ。かつては街道の守護者、と呼ばれた砦が、今はイラ荘の本拠地である。

（やっと着いた……やっと）

馬車が止まり、リディエは心から安堵《あんど》した。

王都ではお尋ね者。ノーツェ領では命の危機に怯えてきた。やっと今日から、ゆっくりと眠れる。半月離れていたベッドが恋しい。身体は悲鳴を上げていた。

「本当にありがとう。無事に着けたのは、皆のお陰《かげ》よ」

リディエは、マノスとミキス、そしてイアソンに心からの礼を伝える。長く、そしてつらい旅だった。どれほど彼らに救われたか知れない。

梟砦の周囲は薄暗く、松明《たいまつ》を持った兵が待機していた。荷台から、イアソンの手を借りて降りる。――出迎えたのは、知った顔であった。

赤い髪、碧《みどり》の瞳の美男子。蜂の会の一員だ。

「ウラド・ティティオンです。スキュイラ様の命で、イラ荘の監督官として派遣されました。私の意見は、スキュイラ様の意見とご理解ください」

開口一番、そんな挨拶をされた。

いつぞや薔薇《ばら》農園で遭遇した際、はっきりとヴァシルを侮辱したのは彼の仲間の方だったが、印象はどちらも最悪だ。

（よりによって、この男が監督官なんて。……ついてないわ！）

落胆はある。だが、顔に出すほどリディエも愚《おろ》かではない。

「リディエ・カイエンよ。よろしく、ウラド・ティティオン」

兵士の格好のままで、リディエは右手を差し出した。ウラドは握手に応じる。

挨拶を終え、砦へ向かおうとしたところ、

「おっと。お待ちを」

と大袈裟《おおげさ》な動作で止められた。

梟砦に入るには、岩肌に沿った吊り橋を渡らねばならない。入り口は狭いので、簡単に道を塞がれてしまった。

「……なに？　早く中に入らせて。仕事がしたいの」

「新たなウロス公がヴァシル様と決まった今、ラーベル宮殿とキルシュテ城の関係は、変化の時を迎えております。対立は必至。ヴァシル様と大層親しかったリディエ様には、少々距離を取っていただければと存じます。――ともあれ、長旅でお疲れでございましょう。まずはお休みください。砦館《さいかん》にご案内します」

どうぞ、とウラドが手で示したのは、今降りたばかりの馬車の荷台だ。

せっかくたどり着いたというのに、砦に入れない気らしい。

「休むより、先にやる事があるわ」

「あとは私にお任せを」

通常の城や砦には、城塔なり砦塔がつきものだ。だが、梟砦は、塔に相当する機能がすべて崖に穿たれた空間にある。そのため、他の設備は崖近くの平地に配されていた。

呆気《あっけ》に取られている間に、四人は砦の入り口から逆戻りさせられ、砦館に押し込められてしまった。

結局、そのまま軟禁状態になり、外との接触もできなくなった。荘政どころではない。

外出の許可が下りたのは、十日後のことであった。

高い空に、白い雲が浮いている。

大きな岩の上に寝転んだリディエの黒い瞳には、小型の猛禽《もうきん》が映っていた。

ガラエルの風景にしては空が広いのは、ここが湖畔《こはん》だからだ。

リディエは、北部の貴族の娘らしい姿に戻っていた。蔦《つた》模様の刺繡《ししゅう》が入った、暗い紺《こん》のコタルディに、髪は王都とは違ってふくらみをもたせずに結い、ごく薄く化粧をしている。

砦館でおとなしくしていたのがよかったのか、足の調子も格段によくなった。

散策程度でしたらどうぞ、とウラドに言われたので、馬を駆ってここまで来た。どうしても、今すぐに、一人になりたかったのだ。

風の涼しさは、記憶にあるまま。様々なものが大きく変わってしまったが、変わらぬものがあるのが嬉しい。

だが、共に帰るはずだった家族はここにいない。故郷を目指した仲間たちも死んでしまった。噛《か》みしめる感慨は、決して幸福なものではなかった。

(どうか無事でいてほしい。……母上も、兄上も、ユーリアも、この湖を見たら、きっと喜んだわ。心の病も和《やわ》らいだろうに……)

頬をつたった涙を、リディエはそっと拭った。

この湖は、パルジャ城と梟砦の中間にある。その形から三日月湖、と呼ばれていた。荘境は、地図も手に入らないため把握《はあく》できていない。だが、侍女たちが、この湖には自分たちも散策に行く、と言っていたので、イラ荘の範囲内なのだろうと判断した。

ここは、ヴァシルが帰れたら釣りがしたい、と言っていた場所だ。

嫌でも彼のことを思い出してしまう。穏やかな気持ちではいられない。

(ヴァシル様が生きていたのにも驚いたけれど、ウロス公になられていたなんて……それに、あの銀狼のストール……一体、どういうことなの?)

砦館の侍女たちは、全員が黒髪で、極北出身だ。当然、王都から来たウラドよりも、カイエン家のリディエの肩を持つ。外に出られないリディエに代わり、様々な話を集めてきてくれた。

——第二公子のエクィル様は、正気を失われていたとか。父君と兄君を刺し殺し、キルシュテ城の領主の間は、血の海だったそうでございます。

――ヴァシル様が後を継がれ、仇《あだ》討ちを神々に誓われたそうです。

――エクィル様は、まだこの辺りに潜伏しているとか。恐ろしいですわ。

リディエの知るヴァシルは、気の毒な貴公子だった。

記憶の中の彼は、窓の外をぼんやり眺め、途方に暮れたままだ。パルジャ城での、猛々《たけだけ》しく処刑を宣言した様は、別人のようだった。

（それにしても……どうやってヴァシル様は領主の座に収まったのかしら。ご結婚の時、ノーツェ領におけるすべての権利を放棄しているはずよ。非常事態だからって、神殿が許可したの？　こんな簡単な話なら、ヴァシル様だって、あれほど絶望しなくて済んだのに）

神殿の決定は、融通《ゆうずう》のきかないことで有名だ。誓約書の破棄を認めるのは稀である。

（また、国王陛下が内乱を避けるために忖度《そんたく》したのかもしれない）

十年、ウロス公の背法行為を傍観したソーン四世のことだ。今回も、ノーツェ領への遠慮から、神殿に手を回したと考えられなくもない。

（なにが、誓約は王笏《おうしゃく》より堅し、よ。バカバカしい）

虚《むな》しさに襲われ、リディエは目を閉じる。

今は故郷の風を、ただ感じていたい。

遠くから馬蹄《ばてい》の音がして、安らぎは長く続かなかった。むくり、と身体を起こす。

ウラドが放った追手か——と思ったが、近づいてくるのはイアソンの乗った馬だった。

はぁ、とリディエはため息をついた。きっと小言だろう。そういう表情をしている。

「このまま、ウラドの好きにさせておくつもりですか？」

近くまで来て下馬した途端、想像と寸分違《たが》わぬ小言がはじまった。

「……そんなつもりはないわよ、もちろん」

「ウラドが、勝手に貴女の縁談を進めています」

「侍女が教えてくれたから、知っているわ」

ウラドは、荘主として赴任したリディエを砦館に閉じ込めた上、勝手に縁談を進めている——らしい。監督官の彼にそのような権限があるとも思えないのだが。

しかし強く止めれば、スキュイラとの関係にヒビが入りかねない。

領としての独立後ならばまだしも、イラ荘はまだ産声《うぶごえ》を上げたばかり。余計な摩擦《まさつ》は避けたいところだ。

「五年など、あっという間です。湖を見て呆《ほう》けている時間はない」

スキュイラが望んでいるのは、自身に都合のいい、政治上の協力者だ。

無茶な要求にも応え、結果を出さなければ斬り捨てられるだろう。

「それはその通りなんだけど……残虐公が死んだとわかってから、急にぽっかり胸に穴が開いたような気がするの。災厄を振りまく悪魔だと思っていたから。……こんな簡単に死ぬとは思ってなかったわ」

　リディエは静かの森で生き延びてから、腿《もも》に短剣を隠し持っている。残虐公に遭遇した時、いつでも刺し殺せるように備えていた。

　その刃を向けるべき相手は、永遠に消えてしまった。

　喪失感は大きく、まるで自分の一部が欠けたような気さえしている。

「そうですね。気持ちはわかります」

　小言が返ってくるかと思えば、イアソンは意外にも同意を示した。

「パルジャ城が落ちた日から、残虐公を憎まなければ、生きていられなかったわ。一年逃げて回っていた時も、家族の体調が悪い時も、憎まなければ私の心が砕けそうだった。強く憎みすぎて、憎む以前、自分がどんな人間だったかも思い出せないくらいよ」

　北部を逃走し続けた一年、家族が隠れ家で叫び出したりするのを、抱きしめて宥《なだ》めながら思った。――悪いのは残虐公だ。これは、悪魔の災《わざわ》いだ、と。

　憎悪が、ただリディエの心を強くした。

　抱きしめる家族も、憎む男も消えてしまった今、心の輪郭《りんかく》を保つことさえ難しい。

「わかる気がします。なにも思い出せない。好きだったものも、楽しいと思ったことも」

　イアソンが隣に腰を下ろし「どうぞ」と革の水筒を寄越した。

　礼を言って受け取る。中に入っていたのはワインだ。まだ昼前だが、たしかにワインは今の気分にあう。

一口ワインを流しこむと、少し気持ちも落ち着いた。

「だからって、いつまでも呆けていられないわね。……背法者の残虐公を罰するのは、地獄に任せるわ。生きている人間は、前に進まないと」

「……あの日、ヴァシル様をはっきりとご覧になりましたか？　銀狼のストールを——」

呟きに似たイアソンの問いに、リディエは首を横に振る。

ストールが見えなかったわけではない。その問い自体を止めたのだ。

「よしましょう。憶測にしかならないもの。……用もないのに人を攫う人間はいない。銀狼の男は、そのうち自分から姿を現すわ」

あの日からずっと、どす黒い澱《おり》が腹にわだかまっている。

何度、悪夢にうなされただろう。

助けて、と家族の声が聞こえる。だが、聞こえるのは声だけで、姿が見えない。助けられるのは自分だけだ。家族を守れるのは私だけ。強く思えば思うほど、家族の声が遠ざかっていく。——そんな悪夢だ。

だが、手がかりさえもなく、捜す手立てもない。

きっと彼らは人質だ。交渉に使われるまで、無事に違いない、と楽観で自分を誤魔化す他なかった。

「わかりました。……そろそろ砦館にお戻りになりますか？」

「まだ帰りたくないわ。あぁ、そうだった。行きたい場所があったの。でも、荘境がわからないから困っていて……貴方、わかる？」

「では。オレが案内を――お待ちを。誰か来る」

突然、イアソンが立ち上がり、中腰になった。

「……侍女かしら。ウラドかもしれない」

「馬のところへ。――彼のところへ戻る気でしたら止めませんが」

「戻らないわよ！　絶対に嫌」

二人は、身をかがめて馬をつないだ場所まで移動する。

馬と一緒に木の陰に隠れ、様子をうかがう。――現れたのは、赤い髪のウラドだ。横にいる金髪の青年は彼の副官だろう。梟砦の前で挨拶をした時、横にいたのを覚えている。

「まったく！　私がご一緒すると言ったのに……どこへ行ってしまわれたやら」

「極北の娘に馬など与えたら、何里だって駆けていくに決まってるじゃないですか。この件はウラド様がお悪い。閉じ込めるから逃げられるんですよ」

「う、うるさい。リディエ様は、本当にヴァシル様と親しかったんだ。嘘じゃない！　なにかと噂のあった男と、ただならぬ雰囲気で――」

「だからって、閉じ込めてどうするんです。嫌われますよ」

「放っておいたら、ヴァシル様にまた目をつけられるぞ。北部人による北部復興に、ノーツェ領は関わらせない。縁談になどなってみろ。イラ荘はノーツェ領に飲み込まれてしまう。リディエ様は、あの男に騙されていたんだ。多少嫌われようと、お守りせねば」

リディエは、呆れ顔でイアソンと顔を見あわせた。

(呆れた。あの人、なんの心配をしてるのよ！)

リディエは、ヴァシルとただならぬ仲になったことも、騙されたこともない。今後、縁談が進む可能性も皆無だ。

「麗《うるわ》しの君をお守りしたいのはわかりますけど、その調子で嫌われてたら、イアソンに攫われてしまいますよ。今だってきっと——」

「それは許さん！　絶対にダメだ。あの男はダメだ！　早く捜して、砦館にお戻ししろ！」

ウラドは、ヴァシルだけでなく、イアソンまで警戒しているらしい。

(バカバカしい。そんな理由で私を十日も閉じ込めてたわけ？)

なにか一言言ってやりたいところだが、せっかくの自由を手放すのも惜しい。

「リディエ様。少し駆けましょうか」

問うてきたイアソンの口元に、笑みがある。

彼らしからぬ態度でわかった。ウラドに一泡ふかせる気らしい。

「いいわね、それ。そういう気分だわ。南に行きたい」

リディエも笑って、ゆったりと馬に跨《また》る。

馬の首を叩き「お願いね」と声をかけてから、馬腹を蹴《け》った。

やはり、北部の馬とは相性がいい。王都から乗ってきた馬とは、駆ける一歩の力強さが違う。木々が、あっという間に流れていった。

振り返れば、イアソンは逆方向から湖畔を馬で駆けていくのが見えた。見事な腕だ。ウラドがそれを追おうとして――逆方向に走るリディエに気づく。

王都育ちと、極北育ちでは、馬の上で過ごす時間が何倍も違う。相手になるはずもない。オロオロするウラドの姿はすぐに小さくなり「リディエ様！」と叫ぶ声は遠くなった。

その慌《あわ》てふためく様子がおかしくて、イアソンと合流した途端、声を上げて笑っていた。

「あぁ、おかしい。あんなに慌てて！」

イアソンも、声を殺して笑っている。

ひとしきり笑うと、多少は溜飲《りゅういん》が下がった。

「ゆっくり帰るとしましょう。彼も、極北の民の自由さを学んだ方がいい」

「名案だわ。でも、貴方、厩《うまや》に閉じ込められているんでしょう？　侍女に聞いたわ。出られなくなるわよ？」

「構いませんよ。ラーベル宮殿での任期満了後は、土地をもらって牧をはじめるつもりでしたし。――せっかくですから、行きたかった場所というのに行ってみましょう。どちらですか？」

もうイアソンは、いつも通りの無表情に戻っていた。

「南側の、荘境を確かめたいの。貴方、地図がなくてもわかる？」

「ええ。王宮にいた時に、地図は何度も見てきましたから」

馬の速度を落とし、ゆっくりと南へと向かっていく。

南側の荘境は、リディエがどうしても確認しておきたかった場所だ。

「その――湖の南の山は？　イラ荘に入っている？」

リディエは、むき出しの岩肌が見える山を指す。臼山《うすやま》、と父は呼んでいた。

あの山が、イラ荘に含まれているのか、否《いな》か。

スキュイラから新荘の話を聞いた時から、ずっと気にかかっていた。

もし含まれているのなら、パルジャ城の地下廟よりも先に行かねばならない場所だ。

「入っていますね。山の麓《ふもと》にある川が境です」

自分の鼓動の音が、はっきりと聞こえる。

リディエの手綱《たづな》を握る手に、力がこもった。

「本当に？　――すごく、大事な場所なの」

「湖近くの川が荘境なのは間違いありません。書類には、この近辺は狩猟用の森と書かれていましたが……なにがあるのです？」

その問いに、リディエは少し言葉に迷ってから、

「未来が」

と答えていた。

通じはしないだろう。イアソンは怪訝《けげん》そうな表情になっている。

「未来？」

「そう、未来。まぁ、実際にあるのは果樹園よ。林檎《りんご》園」

「珍しいですね。この辺りでは、あまり見かけません」

山間部の多い極北では、果樹の栽培はさほど盛んではない。あっても、小規模なものがほとんどだ。

「そうよね。ガラエル領でも多くはなかったのよ。曾《そう》祖父が子供の頃にはじまった計画だと聞いているわ。ガラエルに気候の近い、大陸の北方から苗を手に入れて……長い時間をかけて育ててきたの。あぁ、よかった。イラ荘の場所を聞いた時から、ずっと気になってしかたなかったわ。……本当によかった！」

手を胸に当て、リディエは神々に祈った。

この幸運の前には、我が身の大怪我さえ不運と呼ぶのがはばかられる。

「果樹園があるようには見えませんが……」

「私が案内するわ。特殊な地形で、外からは全然見えないのよ。……ところで、イアソン

は、北部に戻ってどうするつもりだったの？　あぁ、牧をはじめるつもりだったのは聞いたけど。スキュイラ様は、なんて？」

イアソンとは、王都に向かう馬車で同じだった。

ごく短い会話をしたのを覚えている。家族と呼べる者は、残虐公の侵攻で殺され、誰も生きてはいないと言っていた。

「スキュイラ様からは、保安隊とは別に、荘軍を作り、まとめるように言われていました。ただ……オレも貴女と同じで、残虐公が死んでから、なにもかもを見失っています。どこに進めばいいかわからない」

イアソンは、遠いどこかを見たまま言った。

その目に映っているのは、北部の山々ではなく、これまで彼の目の前に積まれた軀の数々であったかもしれない。

「私の、右腕になってくれない？」

山から吹くやや強い風が、二人の間を抜けていった。

リディエは、乱れた髪を手で押さえる。

イアソンの深く黒い瞳が、遠いどこかではなく、リディエの目を見つめた。

「頼む相手を間違ってはいませんか？　他にいないのはわかりますが」

「間違ってなんかない。貴方は極北の人間だもの。イラ荘の運営は、すごく……ものすごく大きな仕事になるわ。北部は変わる。我々は、北部全体の未来を担《にな》っているのよ。味方が要るわ。絶対に私を裏切らない人が。だから――」

「いいですよ。生涯、決して裏切りません。誓います」

いつも通り、感情のわかりにくい顔で、ごく簡単にイアソンは言った。

「……あっさり決めちゃうのね」

「無駄な話はお嫌いでしょう？　……北部復興の旗の下でなら、進む道が見える気がします。死んでいった仲間たちに報《むく》いるには、それしかない。それに……オレの知る極北は、これほど荒廃してはいなかった。復興には導き手が要る。それで理由になりませんか？」

イアソンの目が、今度は南の方を見る。

ここまでの旅の間は、ほとんどが森の中を通ってきた。わずかな民家も、廃屋ばかり。パルジャ城の周辺の農地だったはずの土地も荒れ、放置されたままだった。

こんな土地ではなかった。リディエも、何度思ったか知れない。

「じゃあ、決まりね。イラ荘を五年で領にするために、力をあわせましょう」

「その意思には、敬意を表しますよ。ですが、スキュイラ様の注文が、そもそも無茶です。五年で領になど――いや、五年どころか、十年だって無理でしょう。命じたスキュイラ様もスキュイラ様だが、受けた貴女も貴女だ」

二人は、ゆっくりと馬を進めていく。

切り立った岩から吹く風は、強く冷たい。

「そう。てんで無理な話なのよ、本来。でも、この果樹園を足掛かりにすれば、少しだけ見えるはずよ。──私たちの未来が」

懐かしい。いよいよ帰ってきた、という実感が湧いてきた。

黒い岩肌の向こうに、山に入る唯一の道がある。

そして──あ、とリディエは声を上げていた。

緩やかな傾斜にあるのは、樹木の跡だった。燃やされ、炭になっている。

「ここ……ですか」

「ここだったのよ。……あぁ、なんてこと！」

リディエは、馬を下りて焼け跡に駆け寄った。

（こんなところまで、残虐公の手は回っていたのね……）

戦略上、この臼山は重要な場所ではない。それでも、こうして無惨《むざん》に焼かれた。

三年前の、残虐公侵攻の激しさに、改めて身を裂かれる思いがする。

──リディエ様！

遠くから、声がした。

勾配《こうばい》の上の方から、駆けてくる人影をリディエは知っている。

歳《とし》の頃は三十を越えたほど。豊かな髪は艶《つや》やかに黒い。もともとよかった体格が、以前より一回りまた大きくなったような気がする。林檎園を任せていた一家の女だ。

「モナ！」

リディエは女の名を呼び、勾配を駆け上がる——つもりで、足の痛みに阻《はば》まれた。

その間にも、モナはどんどん近づいてくる。

「リディエ様！　あぁ、よかった、よくぞご無事で！　お帰りなさいませ！」

「貴女こそ！　……木が焼かれていたから、もうダメかと……」

それまでこらえていた涙が、ぽろぽろと溢《あふ》れた。

モナは泣きながら、リディエを抱きしめる。

「そうなんですよ、入り口のここが焼かれたものだから、この三年、余計な人は誰も入ってきやしません。狼くらいです。上は全部無事ですよ」

「全部？　上は無事なの⁉」

「ええ、六十と二本。十本も増えて、きちんと育ってます。氷室《ひむろ》だって守ってますよ。領主様の遺したお言いつけです。ここには、ガラエルの未来があるんですから」

「変わりない？　皆は、元気なの？　——あの男は、戻ってきていない？」

「ええ。変わりません。前の旦那《だんな》も、領主様に怒鳴られて出て行ったきり。新しい旦那は殴りませんし、怒鳴りませんし、物も壊さないだけじゃなく、酒も飲みません。それに、なかなかの男前なんですよ」

ふふ、と笑うモナの頬が赤い。

「あら、それはよかった。いいご縁があったのね。なによりだわ」

リディエが涙を拭いながら祝福すれば、モナは白い歯を見せて笑った。

「皆でお帰りをお待ちしてましたよ。ちょっと前に、モガーラ将軍が家までわざわざ報せに来てくださったんです。じいちゃんなんか、リディエ様がお戻りになるまでは死ねないって、毎日言ってますよ。あぁ、氷室に寄っていかれますでしょう？　──あら？　あら、リディエ様、いつの間にご結婚なさってたんです？　あら、まぁ、男前！」

モナの黒い目が、イアソンを見てまん丸になった。

「いえ、違うわ。彼はジン家のイアソンよ。キツォス領の。ラーベル宮殿で同輩だったの」

「あぁ、ジン家の坊ちゃん！　まぁ、すっかりご立派になって！　リディエ様を守ってくださっていたんですね。心強い！　この姫君は、賢いお方ですけど、無鉄砲ですから。そこの林檎の木にだって、ひょいひょいと登ったはいいけれど、下りられなくなって──」

「そのぐらいにして、モナ。あとで行くわね。皆にも会いたい。──イアソン、林檎園に案内するわ。父の遺産よ」

古馴染《なじ》みとの会話は、思いがけないところから石が飛んでくるものだ。リディエが話を止めると、イアソンは少し笑っているように見えた。

モナに馬を預け、勾配を上っていく。

「お手を。杖がわりにしてください」

イアソンが差し出す手を取り、ゆっくりと歩いていく。

一瞬、眼前に広がる美しい風景を受け止めきれず、リディエは目を瞑《つぶ》っていた。

呼吸が整うのを待ち、ゆっくりと瞼《まぶた》を上げる。

豊かな緑が、そこにあった。

枝に実る、やや小ぶりな果実。収穫が近いはずだ。ところどころ、朝日の輝きに似た彩りを放ちはじめている。

「……驚きました。こんな規模の林檎園があるとは、山の麓からはまったくわからない」

岩肌がむき出しになった山の外側からは、まったく見えない。特殊な地形だ。

黒い岩に守られた窪地《くぼち》は、ラーベル宮殿の庭園よりも広く、緩やかな傾斜になっている。

見渡す限り続く林檎の木々の美しさに、リディエの胸は震えた。

「カイエン家が、育ててきた場所よ」

父の魂《たましい》は、ここに眠っている――とリディエは信じている。

（ただいま帰りました、父上）

心の中で、リディエは父に頭を下げた。

「美しい。これがカイエン家の遺産……ですか」

イアソンの言葉に、リディエは「ありがとう」と礼を伝えた。

我が身に対する賛辞の何倍も嬉しい言葉だ。

「そうよ。でも、一番大事なのは収穫したあとなの。氷室に案内するわ」

リディエは、イアソンに林檎園の外周にあたる黒い岩の壁の一部を手で示した。

気は急《せ》くものの、身体がついていかない。以前ならば、心のままに駆けられたのに。

変わらぬものがそこにあると、変わってしまった自分の身体が、疎《うと》ましく思えてくる。

時間をかけ、なんとか岩壁までたどり着いた。目をこらさねば見つけられない、岩と同じ色の扉の前に立つ。

イアソンの手を借りつつ閂《かんぬき》を外し、扉を二つ開ける。

ひんやりと冷たい空気が流れてきた。

扉は、採光のために細く開けておく。内部は、ほとんど光がささない。

目が多少慣れると、中の様子が確認できた。

木箱が整然と壁際と中央に積まれている。記憶にあるままの姿だ。

「こんな規模の氷室は、はじめて見ました。大きいですね」

リディエは、一番手前の一箱を、丁寧に開けた。

箱一杯の木屑《きくず》の中から、手探りで林檎を一つ、二つと見つけ出し、手に取る。

「キツォスはガラエルより寒いものね。あまり氷室は要らないのかも。——ここの氷室は温度が安定していて、果実の保存がきくの。これ、去年のものよ」

どうぞ、とイアソンに一つ手渡し、もう一つを持って外へ出た。

暗い氷室にいたのは短い時間だったが、空が眩《まぶ》しかった。この土地は、王都よりもずっと空が近い。

目が慣れるのを待って、その夕焼け色の林檎を眺めれば、頬が緩んだ。

なんと美しい。そして、なんと芳《かぐわ》しい。

スカートで拭ってから、がぶりと一口。

いっそう強くなった芳香に、リディエはうっとりと目を細める。

「美味《うま》い。……本当に、これが去年のものですか？」

林檎を一口食べたイアソンは、ひどく驚いていた。

国内で出回る林檎の多くは、加工なしでは春までもたないものだ。それが、夏まで越して、これだけの鮮度と味を保っているのだから、驚くのも無理はない。

「魔法みたいでしょう？　この林檎園では、収穫時期の遅い種類だけを集めているの。それをこうして氷室で保存しておいて――長くなるから話は省《はぶ》くけれど、これも長年の研究の成果なのよ。それで、次の年の春から秋にかけて売るの。船乗りが歓迎するから、今は港に卸《おろ》しているはず。父は、将来的には大陸に売るつもりでいたみたい」

「売り時をずらして高く売るとは、まるで商人の発想ですね」

リディエは、また一口林檎をかじってから「そうね」と笑顔で答えた。

極北の、少ない農地で生きていくには、知恵がいる。

「私は、時も選ぶし、相手も選ぶわ。――この林檎を、スキュイラ様に買っていただくつもりよ」

イアソンの、林檎を口に運ぶ手が止まった。

「……妙案です」

彼は嘘のつけない男である。これは本気で驚き、かつ感動さえ覚えている顔だ。

ふふ、とリディエは明るく笑った。

「いい案でしょう？　王宮の晩餐《ばんさん》で出していただければ、林檎をきっかけにして、スキュイラ様も北部の話がしやすくなる。イラ荘を育てる意思が、誰の目にもはっきりわかるもの。こちらは、土地の復興の資金の足しにできる。両者両得よ」

あっという間に林檎を食べ終えたイアソンは、氷室の扉を丁寧に閉めた。

「しかし、よくこの果樹園をイラ荘に組み込めましたね。こんな宝があるとわかっていたら、ダミアン卿も手放さなかったでしょう」

「ダミアン卿は、気づいてなかったと思うわ。ここ、昔は山賊の隠れ里があった場所なの。百年以上前だけど。魔法みたいな氷室を作ったのも彼らよ。それを……まぁ、要するにカイエン家が奪ったわけ。外からは見えにくい土地でしょう？　出入りできるところは一カ所だけだし。――きっと、ここがどれだけ大事な場所かを知っている人が、その辺を理由にして、この場所をイラ荘に入れてくれたんだと思うわ」

「……モガーラ隊長ですか」

「多分、そう。他に考えられない」

父の腹心だったモガーラならば、この土地を新荘に入れようとしただろう。

そして、スキュイラならば現場の声を活かす。リディエはそう確信していた。

「しかし、貴女はダミアン卿の息子に嫁ぐはずだったでしょう。カイエン公の名誉も回復されていなかった。あのまま話が進んでいれば、この宝は貴女の手には入っていない」

「場合によっては、私からだって守ってもらわなきゃ困るわよ。その時は私、ダミアン家の人間だもの。大事なのは、ガラエルの財産が守られること。この土地のために使えなくちゃ意味がないわ」

彼らは、ガラエルの財産を守った。

他の誰からも――リディエからでさえ。

(それでよかったのよ。正しい判断だわ)

その判断が、リディエをこの場所に導いてくれた。

「――オレが間違っていました。貴女は、帰るべくしてここに帰ってきたのですね。スキュイラ様の人選は、正しかったようです」

横を見れば、イアソンが少しだけ優しい表情になっている。

そこで、なんとはなしに気づいた。

（あぁ、もしかしてイアソンはスキュイラ様を――）

あの美貌の王女に対し、無骨な騎士は特別な感情を持っている――らしい。

「イアソン。貴方、林檎を売りに王都に行く？　スキュイラ様に、お会いできるわ」

イアソンの太い眉がぐっと寄る。明らかに不愉快そうな顔だ。

「よしてください。堅物になにがわかるんです。変な気を回さないでください」

余計なお世話であったらしい。リディエは早々に「今のは私が悪かったわ、忘れて」と謝った。堅物の自覚は十分にある。

「じゃあ、堅物らしく頼むけれど――貴方に行ってほしいのよ。林檎を売ったら、王都の貧民窟で人を探してきてもらいたいの。彼らに一時的なものではなく、この先もこの土地で生きられるように、住まいと職を提供したいと思っているわ。最初は、能と力のある者から。いずれ、望む者が誰でも暮らせるようにしたい。――取り戻すの。残虐公に奪われたものを。それが、遺産を受け継いだ者の使命だと思っているわ」

正しく、遺産はカイエン家のリディエの手に入った。

次は、正しく、ガラエルのため、引いては北部のために使われなくてはならない。

リディエには、できる。代々受け継いできたカイエン家の務めを、果たすつもりだ。

ここにガラエルの宝がある。希望がある。

（見ていてください、父上）
広がる果樹園の風を受けながら、リディエは父の魂に、祈った。

第三幕　猛き黒鷹の遺産

リディエは、砦館《さいかん》には戻らず林檎《りんご》園に留まった。

五年で荘を領にするには、財政の独立を全速力で目指す必要がある。一日たりとも無駄にはできない。ウラドが荘政を肩代わりしてくれるというならば、リディエは土地の復興に集中するまでである。

果樹園の奥にある空き家に手を入れ、砦館にいた侍女や護衛の兵士も招いた。大きな家ではないが、寝起きと事務作業ができれば十分だ。

ラーベル宮殿から届く書類は、すべて林檎邸《てい》——いつの間にかそう呼ばれるようになっていた——を経由するよう手配した。

荘境が印された地図も手に入れ、毎日出かけては荘内の土地を見てまわった。

そうして活動をはじめると、人も自然と集まり出す。

保安隊の隊長が、林檎邸を訪ねてきたのは、リディエのイラ荘到着から二十日後のことだった。

「ご挨拶《あいさつ》が遅くなりました、リディエ様。あぁ、ご無事でなによりです」

視界の明るさが変化するほどの巨体が、のっそりと林檎邸に入ってくる。

「モガーラ！　貴方《あなた》、本当に生きていたのね！」

保安隊の隊長のモガーラ・ディフネは、父に仕えていた旧臣だ。壮年の騎士は、この三年で髪がほとんど白くなっていたが、騎士らしい貫禄は増したようだ。

モガーラは胸に手を当て、騎士の礼を示す。

「よくぞお戻りになられました。……ご家族のことは、マノスたちから聞いております。ご心痛なことでしょう。銀狼《ぎんろう》の毛皮の男に、注意を払うよう、隊員には指示しました」

家族のことを考えると、胸が張り裂けそうに痛む。

旧知の相手だけに、リディエははっきりと苦痛を表情に出してしまった。

「ここはガラエル領ではない。わかっているわ。こんな時に、家族のことを頼むのは気が引けるけれど……母も、兄も、妹も、心を病んでいた。一日も早く見つけてあげたい。故郷の風は、きっと皆の心を癒《いや》すわ」

「リディエ様。我らがこの地を守る以上、不法行為は許すべきではありません。人を攫《さら》うことには、なんの正義もない。それに、スキュイラ様は、旧主への忠誠を否定なさいませんでした。私が、カイエン公のご家族をお探しするのは、当然のことです」

お任せを、と会釈《えしやく》をしたモガーラの言葉に、リディエは表情を緩める。

「ありがとう、モガーラ。人を無暗《むやみ》に攫う人間はいないわ。いずれ向こうから接触してくるはずよ。——話を聞かせて。このイラ荘に臼山《うすやま》を入れたのは、貴方でしょう?」

「はい。先代が遺したこの場所を守れるのは、スキュイラ様をおいて他にいない、と判断いたしました」

モガーラは三年前の戦《いくさ》で生き延び、昨年まで近隣の漁村に潜伏していたそうだ。保安隊の存在を知り、末席に加えてもらおうと参加したところ、過去の実績を買われて隊長の座を用意されたという。

イラ荘発足にあたっては、荘境の決定にも関わり、リディエの想像した通り、スキュイラは柔軟に現場の声を取り入れたそうだ。

正直者のモガーラは、決定の段階ではリディエの荘主就任の話が出ていなかったことを伝えた上で「申し訳ありませんでした」と謝罪した。

「謝らないで。私はその判断を支持するわ。……ありがとう。さ、これからの話をしましょう。保安隊の話も教えて?」

傷だらけのテーブルを囲み、二人でワインを飲みながら情報を交換しあった。

目下、保安隊に期待されているのは、エクィル公子の捕縛だ。

極北の山間部は複雑に入り組んでおり、土地に慣れた者にこそ有利である。

エクィル公子が、ヘドォン内海を経《へ》て大陸に逃れる可能性があると見て、保安隊は東海岸の警備を厚くしているという。古来半島の罪人は、大陸に逃れるのが常だ。

「議会では、新荘の必要性に疑問を持つ者も多いようです。ここは大きな手柄を挙げて、スキュイラ様のご恩に報《むく》いたいと思っております」

「そうね。その通りよ。ここは我々の庭ですもの。いくらでも王都の貴族を派遣できたところを、スキュイラ様は極北の我々に任せてくださった。お気持ちに報いたいわ」

「その、王都から派遣されたティティオン監督官なのですが……」

モガーラの、気難しそうな表情が曇《くも》った。

極北の人間は、あまり南の人間を信頼しない。王都から来た鮮やかな赤毛の監督官が、我が物顔で仕切る現状は、気に入らないのだろう。

「彼、スキュイラ様のお気に入りなの。排除するわけにもいかないし、参っているわ」

「あの青二才、なにやら勝手な真似《まね》をしている様子。止めなくてもよろしいので?」

「縁談でしょう?　好きにさせておくわ」

「縁談相手の筆頭に、ウラド・ティティオンの名がございます。他の縁談には、勝手に断りの手紙を書いているようなのですが……」

強い頭痛を覚え、リディエはワインを呷《あお》った。

(なるほど……あの人、荘主の夫の座を狙《ねら》っていたわけね)

やっと、ウラドの不可解な行動の理由がわかった。彼は新荘の実権を握るべく画策していたらしい。

「ありがとう、モガーラ。それは把握《はあく》できていなかったわ」

「目に余るようでしたら、いかようにも。梟砦《ふくろうとりで》は、足場の悪い場所が多くございます」

極北の男は、口数こそ少ないが気は荒い。表情を変えずに言うモガーラを、リディエは「問題ないわ」と苦笑して止めた。

「スキュイラ様とは一蓮托生《いちれんたくしょう》ですもの。この程度のことで、騒ぎにはしない。ウラドも極北を学べば、もっと謙虚になると思うわ」

「わかりました。血の気の多い者もおりますので、なんとか宥《なだ》めます」

モガーラは、ワインを一口飲んで、少しだけ困り顔になった。

「お願いね。保安隊にモガーラがいるなら安心よ。私はしばらく、畑仕事に専念するわ」

「畑仕事も結構ですが、縁談は早急に。カイエン家には、後継ぎが必要です。それに、若い女がいつまでも一人でいては、侮《あなど》られましょう。夫の支えが要《い》ります」

「貴方ならそう言うだろうとは思ったけど、夫の力を借りたら借りただけ、窮屈《きゅうくつ》になるじゃない。それに、支えというならスキュイラ様がいるわ」

「スキュイラ様とは、ご結婚できません」

「結婚だけが縁じゃないわ。そうじゃなくて――」

話がややこしくなりかけたところに、コンコンと扉が鳴った。

扉を開けて入ってきたのは侍女の一人だ。後ろに、人影がある。

「お話し中のところ、失礼いたします。パルジャ城の新城主に着任された、ダミアン卿《きょう》がお越しでございます」

ダミアン卿、と聞いた途端、あの凄惨《せいさん》な処刑の様子が頭に像を結んだ。

どくり、と心臓が跳ねる。

だが、すぐにダミアン家の一族の誰かが後任になったのだろう、と気づいた。

一度落ち着きかけた鼓動が、再び忙《せわ》しなくなったのは、目に銀狼のストールが飛び込んできたせいだ。

（ヴァシル様？　……いえ、違うわ。似てるけど、違う）

そこにいたのは、背の高い金髪の青年である。

リディエは呼吸を整え、青年の姿を確認した。ヴァシルと一瞬だけ見間違ったのは、きっと陽射しで髪の色が明るく見えたからだろう。巻き毛というほどの癖もなく、胸の辺りまである髪は、黄金色というより飴《あめ》色に近い。目鼻立ちも端正だが派手ではなく、瞳の色は緑がかった灰色。身長はヴァシルよりも高いようだ。似ているように思えたのは、キルシュテ城の貴族に共通した雰囲気なのかもしれない。

「はじめまして、カイエン女卿。南ガラエル荘の荘主を拝命した、ソロス・ダミアンと申します」

スッと赤い薔薇《ばら》が一輪。目の前に差し出される。

美しい薔薇だ。極北の者が言う、南から来た金髪の貴族らしい姿の青年は、見た目だけでなく行動も実にそれらしい。

薔薇を受け取れば、ソロスは空いた方の手に恭《うやうや》しくキスをする。そうした仕草も、やはりヴァシルを思い出させた。

「はじめまして、ダミアン卿。美しい薔薇をありがとうございます。リディエ・カイエンです。——こちらは、街道保安隊のモガーラ・ディフネ」

「モガーラ隊長でしたか。お噂《うわさ》はかねがね」

ソロスは、笑顔でモガーラに握手を求めた。モガーラも丁寧に挨拶を返す。

「パルジャ城へは、いつお着きに?」

「今朝です。いや、雨が続いて、思いがけず長旅でした」

「……お疲れでしょうに。わざわざご足労いただき恐縮です」

「この花を、美しいうちにお届けしたい一心でした。お会いできて光栄です。——お美しい方だとはうかがっていましたが、噂以上だ。薔薇も霞《かす》みます」

爽《さわ》やかに、ソロスは笑んだ。年齢は、兄より少し上くらいだろうか。明るい笑顔の、人好きのする人である。

リディエは、新たな隣人に席を勧め、ワインを注いでグラスを「どうぞ」とテーブルの上に置いた。ソロスは「ありがたい」と言って、ワインをあっという間に飲み干す。よほど急いで来たらしい。

「こちらこそ。お会いできて光栄です、ダミアン卿」

「急なことで、伯父の後継者として南ガラエル荘を預かることとなりました。生まれも育ちもキルシュテ城下で、右も左もわからぬ有様。カイエン公のご息女が隣にいると知り、心強く思います。どうぞご指導ください」

　イラ荘は、南ガラエル荘の一部を割譲して成立している。隣の邸《やしき》というよりも、庭の一部に別な邸が立つようなものだ。縁は、当然深くなるだろう。

「パルジャ城も、いろいろとあったようで……驚きました。お気の毒です」

「いや、参りました。まったく急で……伯父も、バカなことをしたものです」

「エクィル公子を、匿《かくま》っておられたとか」

　リディエがやや声を落とせば、ソロスは大きくうなずいた。

「伯父はエクィル公子に、馬術の手ほどきをしたそうです。先代のウロス公あっての伯父でした。その義理で身を滅ぼすのは定めであったのかもしれません。……公子は正気ではなかったとの話もあります。なにか情報がありましたら、私にお知らせください」

　もう一杯ワインを飲んでから、ソロスは腰を上げた。

　手柄を譲ってたまるか、とリディエは内心思っているが、顔には出さない。

「今日はお疲れのところ、わざわざありがとうございました」

「近々、パルジャ城にもいらしてください。歓迎いたします」

侍女が扉を開け、ソロスが出ていく。リディエも見送りのため外に出た。

視界いっぱいに広がる林檎園は、何度見ても美しい。――その間から、馬で駆けてくる人の姿は不快だが。

駆けてくるのはウラドである。髪が鮮やかに赤いので、遠目でも彼だとわかる。手綱《たづな》さばきの覚束《おぼつか》なさも特徴的だ。

なにか急な報《しら》せかと、リディエは階段を下りて到着を待つ。

（あぁ、違うわね。小言だわ、この顔は）

うんざりするが、ため息だけはこらえた。

「リディエ様！　スキュイラ殿下へお送りする書状は、私を通していただかないと困ります！　だいたい、こんな場所にお一人で……まったく、なにを考えておられるのか！」

馬から下り、リディエの前に立つまで、ウラドの小言は淀《よど》みなく続いた。

モガーラが窘《たしな》めようとしたのを、リディエは「今は抑えて」と止めた。ここで庇《かば》われれば、いっそうこちらが軽く見える。

「カイエン女卿。彼は？」

横にいたソロスが、リディエの耳元にこそりと問う。

「ウラド・ティティオン。スキュイラ様が派遣した監督官です」

肩をすくめつつ、リディエは答えた。

ふむ、とソロスは「聞いておられるのか！」と顔を真っ赤にして憤慨《ふんがい》するウラドとリディエとを見比べ、一歩前に出た。

「お初にお目にかかるティティオン監督官。私は、前ダミアン卿の甥《おい》というだけで南ガラエル荘を受け継ぐことになったソロス・ダミアンだ。私が言うのは筋違いだが、忠告しておこう。このガラエルにおいて、黒鷹《くろたか》の旗は貴く、カイエン公の名は偉大だ。女卿への敬意を忘れれば、人の心は離れるだろう」

「し、失礼いたしました」

ウラドは、今まで見たことのない丁寧さで、ソロスに礼をした。

「謝罪は私にすべきではない。ティティオン監督官」

「……失礼いたしました、リディエ様」

ウラドはリディエへの謝罪を終えると。下りたばかりの馬に乗って帰っていった。

（相手が、男で、年上で、荘主であれば、こんなに態度が変わるのだもの。モガーラも早く結婚しろと言うわけだわ）

こんなに彼の小言が短かったのは、はじめてだ。呆《あき》れを通り越し、いっそ感動を覚える。

「ご面倒をおかけしました、ダミアン卿」

「客が来た途端、妻に横柄《おうへい》な態度を取る夫というのは、どこにでもいるものです」

そうした夫婦はたしかに見かける。リディエは小さく笑った。

「そうですね。よく見かけます。――彼は、夫ではありませんが」

「かくあるべき、という男の姿に縛られているのです。あれで、きっと貴女《あなた》を守っているつもりなのでしょう」

ソロスの見解を聞き、面白いことを言う人だ、とリディエは思った。

「そうかもしれません。スキュイラ様からの信頼を背負っていますし、彼も必死なのだと思います」

「必死さだけは、よく伝わってきました。しかし、あの調子ではなにかと不都合でしょう。問題の解決にはなりませんが、信用できる夫を――あぁ、いや、失礼。下心は隠してお会いするつもりだったのですが。申し訳ない」

ソロスは「失敗しました」と言ってくしゃりと破顔した。

清潔感のある顔立ちに、愛嬌《あいきょう》がのぞく。

(あぁ、なるほど。ありそうな話ね)

前ダミアン卿の子息と同じ理由で、彼もカイエン家の血が欲しいのだろう。わざわざ薔薇の花まで持って、居城の椅子《いす》を温める間もなくここまで来たのだ。下心、という言葉は、堅物のリディエにも理解できた。

ソロスは、来た時と同じようにリディエの手の甲《こう》にキスをして、爽やかに去っていった。

林檎園の中を、葦毛《あしげ》の馬が遠ざかっていく。

リディエが「感じのいい方ね」と言うのと、モガーラが「感じの悪い男ですな」と言うのは同時だった。

え？　とばかりに二人は目を見あわせ、遠くなった葦毛馬を見た。

人の印象はそれぞれだが、おおよその人は彼に嫌悪感は持たないように思われる。

だが、彼の印象の好悪など、どうでもいい。

「銀狼のストールをお召しでした」

そのモガーラの一言に、すべての問題が集約されていたからだ。


しばらくして、王都に行っていたイアソンが戻った。

もう関所も悠々と通過できるようになっていたそうだ。ヴァシルが生きている以上、黒髪の男女に問うべき罪自体が消滅してしまった。

消滅したのは、王女は夫殺しの背法者なのではないか、という噂も同じだ。スキュイラは、一時は控えていた議会への出席も再開させたという。

林檎の取引は、リディエ側の希望額より一割高い金額で成立した。モナが泣き出すだけの高額である。今後もラーベル宮殿に送ることが決まった。

そして、イアソンは貧民窟《くつ》から四十人ほどの北部人を招いた。

その中には、リディエもよく知る学者が交じっていた。

涙を流して再会を喜んだあと、学者は、農地の回復に意欲を見せ、

「先人の残した記録を、手に入れられませんか。復興にかかる時間が、五年、十年と変わってきます。城の書庫が無事ならば、是非《ぜひ》とも調べていただきたい」

と言った。

そこで、リディエはパルジャ城に使いを出したのだが――

いざ出発、という段になって、露骨に嫌な顔をしたイアソンに止められた。

彼は王都から戻って以来、荘軍の新設の準備に奔走《ほんそう》している。多忙なはずだ。それを、どこから聞きつけてきたものか、馬車に乗り込む直前に、道を塞がれてしまった。

「下心のある男の家に、のこのこ行くつもりですか」

「それ、モガーラに聞いたの？　ダミアン卿は、紳士的な人だったわ」

「紳士的にもなるでしょう。下心があるんですから。妻とは死別し、決まりかけていた再婚を蹴《け》り、パルジャ城へ来たそうです」

イアソンの表情の種類は少ないと思っていたが、不快さの表情だけは豊からしい。苛立《いらだ》ちが、実によく伝わってくる。

「私が言うのもなんだけど……ちょうどいいわよね。破談になった従兄《いとこ》の婚約者と、後任

のダミアン卿が結婚って」

「絶望的に、男を見る目がないですね。スキュイラ様といい勝負だ」

はぁ、とイアソンはため息をつく。

イアソンは、静かの森での狩り以来、髪を切っていない。黒狐《くろぎつね》のストールも身に着けており、北部の男らしい姿に戻りつつある。

「男を見る目はなくても、資料を探す目は持ってるわ。堆肥《たいひ》の配合の記録があるから、まずはそれを手に入れたい。豆の種も大陸から仕入れるつもりだけど、資料を見て種類を絞りたいし。――とにかく、書庫に用があるの。書庫ごと貸してもらいたいくらいよ」

「そこに女のあしらいが上手《うま》い男がいて、誘いにうなずけば南ガラエルが手に入る。魅力はあるでしょう」

リディエは「ないったら！」とやや語調を強くした。

「ダミアン卿夫人と、カイエン女卿。秤《はかり》にかけるまでもない。女卿の方が魅力的に決まってるじゃない。私は、五年でこのイラ荘を領にするの。誰にも邪魔なんてさせないわ」

女性の王、領主、荘主は、ルナヴィア王国史上、例がないのだ。

結婚にあたって、妻側の権限が当然のように制限されるのは想像に難くない。多少の利と引き換えに、権限を目減りさせる気にはなれなかった。なにかにつけ、夫の顔色をうかがいながら荘政を行う日々など、想像するだに耐えがたい。

「とにかく、オレもついていきます。銀狼の男は信用ならない」

スキュイラが先日、イアソンと面談した際、ウラドに下した「有能な男だわ」という評が、よほど衝撃だったらしい。王都から戻って以来、いっそう口うるさくなった。

リディエは、スキュイラではない。だが、この男を見る目が致命的にない女二人が、イアソンには気の毒でならないらしい。

「……わかったわ。じゃあ、護衛をお願いする。それでいい？」

リディエが譲ると、イアソンは「喜んでお供します」と不愛想な会釈を返した。

書庫に入った途端、リディエは感動のあまり涙ぐんだ。

城塔の半ばにある書庫は、半円の空間だ。壁の曲面にあわせて作られた書棚に並ぶ本も、欠けはないように見える。なにもかもが、そのままであった。

一冊、手に取れば、ふわっと埃《ほこり》が舞い上がった。長く使われていなかったのだろうか。

コンコン、と書庫の扉が鳴る。

「どうぞ。お入りになって」

ごく自然に、この城の主のような態度で入室を許可してしまった。

少し遅れて、ハッと気づいた。——ここは、リディエの居城ではない。

「目当ての本は、見つかりましたか？」

入ってきたのは、爽やかな笑みを浮かべたソロスだ。飴色の髪と、緑がかった灰色の瞳。そして——銀狼のストール。

先ほど側近に呼ばれて席を外していたが、用が済んで戻ってきたようだ。

「お恥ずかしい。……私、自分の城かのように振る舞ってしまいました」

「あぁ、いえ。お気になさらず。本はお貸しできます。……いや、貸す……というのもおかしいですね」

ソロスは困り顔で、肩をすくめる。

リディエは本を一冊、両腕で抱えて卓の上に置いた。

「ここはダミアン卿の居城で、書庫も、本も、城の主のものですわ。当然です」

話しながら、ぱらぱらとページをめくる。

肥料に関する資料だ。配合や、発酵《はっこう》期間について記されている。

「カイエン女卿——リディエ様、とお呼びしてもよろしいでしょうか？　私のことは、どうぞ、ソロスとお呼びください。伯父とは疎遠で、二、三度会った程度です。私自身は一介の文官。ヴァシル様の推薦で伯父の後を継ぐことになりましたが、貴女に対して、含むところはなにもない」

そちらになくとも、こちらにはある。

だが、リディエの頬《ほお》に浮かんだ笑みは、途切れず続いている。

「私も、ダミアン卿——ソロス様に含むところなどございませんわ」

「勝手ながら、我々は過去の確執は持ち込まない……ということでいかがでしょう」

本に向けていた視線を、上に戻す。

ソロスは優しく笑んでいた。明るいところで見ると、瞳の緑色が際立つ。

「おっしゃる通りです。我々が確執を引きずったところで、得られるものはありませんね。互いに新任の荘主同士。手を携《たずさ》えられればと思います」

「そう言っていただけるとありがたい。さ、どうぞ、本を選んでください」

「お気持ち嬉《うれ》しく思います。では……」

書棚の前に戻って本を選んでいると、横からソロスが「お持ちしましょう」と手を貸してくれた。

「——できれば、返却の際には、直接こちらにおいでくださいませんか。貴女と、もっと親しく言葉を交わしたい」

本を手に取りかけた状態で、リディエは目だけをソロスに向けた。

いつの間にやら、ずいぶんと距離が近い。

緑がかった灰色の目と、深い闇《やみ》色の目が、ひたりとあう。

(よく言うわ。どうせ、北の熊だと思ってるでしょうに)

リディエは内心の呆れを、外に出さぬよう努めねばならなかった。

——ウロス家が、キルシュテ城に拠点を置いてから、百年余りが経《た》っている。

極北の人々は、ウロス家を新興勢力として侮ってきた。

ウロス家もウロス家で、極北の旧家を侮っている。

前者は、軽薄だ、と。

後者は、野蛮《やばん》だ、と。

金の細釘、とは、極北の人間がキルシュテ城の者をバカにする時に使う言葉だ。金の首は柔らかく、釘の用をなさない。

北の熊、というのはキルシュテ城の人間が極北の黒髪の人々を罵《ののし》る時に使う言葉だ。

王都をはじめとした他の地域から見れば、ノーツェ領のウロス家も、ガラエル領のカイエン家も、同じく髪を伸ばして毛皮を年中身に着けた同種に見えるだろう。だが、両者の間には、はっきりとした溝がある。

溝は、キルシュテ城から来たソロスの髪の色にも明らかだ。彼ら金髪の南部人の髪色は百年変わっていない。極北の人間とは交わってこなかったからだ。逆を言えば、リディエの髪が青みをもった黒であるのも、理由は同じだ。

この溝がなければ、ウロス公も極北をあれほど苛烈《かれつ》に攻めはしなかっただろう。

今になって、彼らは極北を治める難しさに気づいて旧領の娘を求めだした。

妥協《だきょう》のはずだ。どれほどソロスの愛想がよくても、リディエは間違いなどしない。

「では、返却の際は改めてご連絡させてくださいませ」

リディエは、会話が終わるや否《いな》や「イアソン！」と書庫の扉に向かって声をかけた。

扉の前で見張っていたイアソンが、会釈をして入ってくる。

「お呼びですか、リディエ様」

「ダミアン卿が、資料を快《こころよ》く貸してくださったの。馬車に運びたいから、手伝ってもらえる？　こっちは私が持つわ」

二冊をリディエが両腕で抱えれば、ソロスが「お持ちします」と手を差し出す。

すぐにイアソンが「いえ、私が」と手を差し出した。

どちらも譲る様子がないので、それぞれに二冊ずつ持ってもらい、自分で一冊持つ形に落ち着いた。

扉から出たところで——

小さな子供が、城塔の上の階から駆け下りてきた。

鮮やかな金髪の、四、五歳くらいの男の子だ。似通った容姿の女の子が後ろに続く。

「こら、キース！　——いや、ジョイか？　ジョイだな！　おい、ハナ！　上には上がるなと言っただろう！　お客様の前だぞ！」

足音は、もう遠い。当然、子供たちからの返事もなかった。

（子供？　……前の奥方とのお子さんかしら）

元気に遊び回る子供の姿ほど微笑《ほほえ》ましいものはない。平和の証《あかし》だ。

「賑やかでよろしいですね」

「参ったな。折を見てお話しするつもりではいたのですが……その、彼らの母親たちとは縁を切る形になったので、私が引き取ることになりました。皆、庶子《しょし》です」

リディエは、ソロスの素直さにひどく驚いた。

不貞行為は、言うまでもなく不法である。黙認される場合が多いとはいえ、少なくとも極北においては大っぴらにはしないものだ。

（ずいぶん素直に白状するのね。さすがはキルシュテ貴族だわ）

庶子というものは、ほぼ例外なく母親——愛人の手で育てられる。

母親たち、とソロスは言ったので、恐らく、愛人は複数人いたのだろう。縁を切ったとはいえ、子供を父親が引き取るというのは、特殊な例であるように思う。

（かえって、そういう素直さが好かれるのかしら）

複数の愛人に、複数の庶子。並べられた条件の割に、不思議と嫌悪感は湧かなかった。

——横にいるイアソンの機嫌は悪いが。モガーラもこの場にいれば、同じような表情をするに違いない。

「今度、ご一緒に林檎園に遊びにいらしてくださいな。もう収穫がはじまっています」

「お招き恐縮です。あの美しい林檎園は、是非子供たちに見せてやりたい」

城塔の半ばから、螺旋《らせん》階段をゆっくりと下りていく。

生まれ育った城だ。一段、一段と階段を下りる度、様々な思い出が蘇《よみがえ》ってきた。

もうこの世にはいない家族たちの姿を思い出し、そして母と、兄と、妹に会いたい、と強く思った。

思いを噛《か》みしめながら階段を下りきり、中庭に出る。

城塔の中庭にかかる旗からは、目をそらした。婚約の際の誓約書で見た、ダミアン家の紋章が目の端に映る。盾《たて》に交剣。その横にあるはずの、ウロス家の首切り斧《おの》の紋章が入った旗は、なんとか見ずに済んだ。

馬車に荷を積むイアソンに本を任せ、リディエはソロスに会釈をした。

「今日は、ありがとうございました。慌《あわ》ただしくて申し訳ありません」

「お名残惜《なごりお》しい。今度は、是非ゆっくりと」

「次は、廟への参拝をお許しいただけますか？　城の奥の、地下にございます。冤罪《えんざい》ながら、地下廟への道は閉ざされたきりです。もう父の名誉も回復されましたので、ご許可をいただけたら、工人を派遣いたします」

「あぁ、申し訳ない。それは、こちらから申し出るべきでした。すぐにも――」

ソロスが言いかけたところに、女官が「ダミアン卿」「赤子が……」「城門のところに籠《かご》が置いてありまして、中に手紙が……」と言いづらそうに声をかけてくる。

（赤子？）

どうやら、赤子が城内に捨てられていた、という話らしい。

女官の持つ大きな籠にかけられた布は、もぞもぞと動いていた。

「あ、赤子だって？　捨てられていたのか？」

「あの、手紙が添えられておりまして。アナミという方が――」

「アナミ？　――あぁ……あの。いや、しかし……待ってくれ、本当か？」

「わかりかねますが、手紙にはそのように」

「この際、誰の子でも構わん。乳母《うば》を手配してくれ。もう、六人でも七人でも同じだ」

リディエは、ちらりとイアソンと目を見あわせた。

（六人？　七人？　それ、子供の数？）

さすがに、その数は想像していなかった。

現地で妻を調達する気でいながら、六人の庶子を引き連れて赴任し、かつ自分の子かどうかも確かめずに七人目を迎え入れるつもりらしい。

庶子は神殿に出生を届ける必要がないので、可能ではあるのだろう。だが、誰しもにできる判断ではない。

（……変わった方ね。寛大というか……いくらキルシュテ貴族でも、大らかすぎない？）

辞去の挨拶をしようとしたところ、目の端に鮮やかな赤が映った。

城塔から下りてきた女官の手に、大きな薔薇の花束がある。ソロスは女官から受け取り、リディエに差し出す。

「参ったな。こんな時にお渡ししては、滑稽《こっけい》になってしまう。どうか笑わないでください。——美しい人。黒い髪と白い肌によく映える。冬の女神のようだ」

赤い薔薇の花束が、差し出される。

ソロスの声に、ヴァシルの声が重なった。ヴァシルも同じように、リディエに賛辞を贈ったことがある。——さながら、冬の女神だ、と。

「ありがとうございます。お気持ちが、なにより嬉しいです。——廟の件は、また改めさせていただきます」

先祖への祈りも大事だが、今は生きた赤子が優先だ。

リディエは、笑顔で花束を受け取り、馬車に乗り込む。

挨拶をするために窓を開けると、手を振る子供が見えた、先ほどとは別の、十歳くらいの背の高い男子である。髪の色は、他の兄弟たちと同じで明るい金色だ。リディエは、笑顔で手を振り返す。

「地下廟への道は、こちらで手を入れておきましょう。参拝は、是非ともご一緒させてください。お父上と貴女に、聞いていただきたいことがあります。——では」

七人の子の存在を知られても、ソロスの明るさは変わらない。どこか憎めない人だ。

リディエは笑顔で会釈をし、イアソンが窓を閉める。

すぐに馬車は動き出した。

「廟で求婚されそうな予感がするんだけど……どう思う?」

「自然な流れですね」

容易《たやす》く想像ができる。薔薇の花束を持って、彼は跪《ひざまず》くだろう。

「もう……会いたくないわ」

「そうもいかないでしょう。隣の荘だ。廟もある」

「苦しいの」

膝《ひざ》に置いた薔薇を見つめ、リディエはぽつりと呟《つぶや》いた。

「よしてください。恋でもしましたか?」

「父は戦に負けた。パルジャ城は、もうカイエン家のものではない。ちゃんと理解しているわ。でも……それでも、思ってしまうの。あの城は、あの書庫は、父の遺産なんじゃないかって。正しく使えば、大きな利を生み出すはずなのに、本は埃を被ってた。宝の持ち腐れよ。……悔しいわ」

苛立ちよりも、もっと強い――憎悪に似た思いだ。いっそ狂暴なまでの衝動を、抑えるのが難しい。

悔しい。悔しい。悔しくてならない。

この土地を育ててきたのは、カイエン家だ。ダミアン家ではない。

「たしかに、宝の持ち腐れです。ひどいものだ」

イアソンは、馬車の窓から外を見て言った。

荒れた農地に、廃墟《はいきょ》になった家屋。自分ならば、三年もこのような状況を放置しはしなかった。彼らから土地を奪い返せないのが、たまらなく悔しい。醜《みにく》い感情だとわかっていても、湧き上がるものを抑えきれない。

「今更だけど、私、前ダミアン卿のご子息と破談になってよかったわ。本を埃の積もるままにして、農地も荒れたままにする人たち相手に、口を噤《つぐ》んでいられないもの」

こんな葛藤《かっとう》を抱えながら、円満な夫婦関係など望めるはずもない。破綻《はたん》する日がくる。

――スキュイラと、ヴァシルのように。

彼らが、リディエの意見に耳を傾けたとは思えない。罵られたか、蹴られたか。あるいは無視でもされただろうか。世の男は、夫に従う妻を求めている。そこから外れれば制裁を受けるだけだ。

「そうでしょうね。想像がつきます」

「結婚が怖い。こんなにも危険のつきまとうことなのに、誓約したら一生逃れられないなんて、おかしいと思わない？　……でも、後継者は必要なのよ」

残念ながら、カイエン家は離散しており、親類の生死も不明だ。

　モガーラは、保安隊の仕事の傍《かたわ》ら、カイエン家の生き残りを探し続けているそうだが、成果はないと言っていた。

「難しい選択ですね。スキュイラ様寄りのウラドを選べば、極北の人間は喜ばない。ヴァシル様寄りのダミアン卿を選べば、複雑な立場になる」

「どちらも選びたくないわ。絶対に嫌」

「オレにしますか？」

「……なにを？」

「夫を」

　なにを言っているのか、まったくわからなかった。

　言葉の表層だけ理解した途端、薔薇の花束がぼとりと落ちていた。

　拾おうとしたのを、イアソンが先に拾う。

「……血迷ったの？」

　差し出された薔薇を受け取りつつ、リディエは思い切り眉を寄せる。

「血迷っちゃいません。ラーベル宮殿も、キルシュテ城も避けるとすれば、相手は極北旧領出身に絞られる」

「まぁ……そうね。三者の中から選ぶなら、極北旧領出身が一番いいわ。イラ荘の人たちも納得するでしょうし。でも、だからって――」

極北旧領の人々を集めたイラ荘の性質上、似通った境遇の配偶者を迎えるのは理想的だ。黒髪の夫と、いずれ生まれる黒髪の子。どこからも不満は出ないだろう。

「髪さえ黒ければいい、というわけでもありません。実権を握りたがる男では、黒髪だろうと不都合です。女に政《まつりごと》などできるか、と態度に出さない男――というのは残念ながら稀《まれ》でしょう」

「そうね。問題は、その本性が簡単にはわからないことよ」

結婚さえしていないのに、空回りを続けるウラドなどはまだいい方だ。選ばなければいいだけである。だが、誰もが結婚する前から本性を現すわけではない。

「その点、オレは貴女の邪魔をしない。足を引っ張らない。でしゃばらない。貴女には、愛も、奉仕も、従順さも求めない。実権など要らないし、子も要らない。貴女は政治的な危険を冒さずに済む。領が独立できたら、離婚しましょう。それまでに貴女は信用できる相手を吟味《ぎんみ》しておけばいい。後継ぎは、そのあとででも」

どうです？　とイアソンは、黒い瞳でリディエを見つめて言った。

リディエは、うなずけない。

「ダメよ。貴方が有責になったら、二度と結婚できなくなるじゃない。ジン家はどうするの？　貴方、最後の生き残りでしょう？」

「絶えて構いませんよ。オレは庶子です、母にも捨てられて、キツォス領の小神殿で孤児として育ちました」

「え……？」

　そんな話は、はじめて耳にする。

　ジン家はキツォス領に仕える騎士の一族だ。その名と武勇は知っていても、家族の事情までは知る機会がなかった。

「嫡出《ちゃくしゅつ》の兄二人が死んだので、父が嫡出相当の手続きをしたんです。父にも、義母にもロクな思い出がありません。家を残す義理などない。貴女と離縁したら、最初の願いを叶えて牧でもはじめますよ」

「それで……貴方、いいの？」

「今のオレの望みは、スキュイラ様が描いたとんでもない図面通りに、貴女が新しい北部を創《つく》るのを陰《かげ》ながら見守ることだけです。それが、残虐公《ざんぎゃく》の侵攻で殺された育ての親や、孤児の兄弟、そして静かの森で死んでいった仲間に報いる唯一の道だと思っています」

「陰ながらじゃ困るわ」

　リディエは、むっと口をとがらせた。

　話の腰を折られたイアソンは、肩をすくめる。

「わかってますよ。右腕として、粉骨砕身お仕えします。──とにかく、貴女の足を引っ張る夫など、オレにとっても迷惑です」

話を一通り聞いたので、彼が血迷ったわけではないのはわかった。

イアソンを夫にすれば、ソロスもおとなしくなるだろう。ウラドも、遠慮はするに違いない。リディエも荘政に打ち込める。

だが、うなずけなかった。

「できれば、避けたいわ。私の残りの命は、北部の未来のためにある。夫よりもスキュイラ様に従いたいの。どんなに聞き分けがいい人だろうと、いずれ私は夫を憎むし、夫も私を厭《いと》う。……わかるの」

母のように、夫を愛し、夫に従い、夫の死後は心を失うような生き方はできない。したいとも思わなかった。

「住まいを分けても構わないですよ。形だけでいい」

イアソンは、どこまでも譲歩してくる。

それだけ北部への思いは強いのだろう。以前と違い、リディエのことは信頼しているらしい。気持ちは理解できるが、やはりうなずけない。

「貴方を嫌いになりたくないの。忠実な騎士でいて」

イアソンは、目を大きく見開き、ぱちぱちとまばたきをした。

彼らしからぬ表情だ。

それから、胸に手を当て軽く頭を下げる。

「リディエ様のお望みのままに」

それは、彼がはじめて見せた騎士の敬意だった。

まだ、自分は騎士の敬意に足る存在ではない。だが、応《こた》えたい。生涯をかけて、彼の忠誠に報いたい、と思った。

「……ありがとう。私、必ず貴方の忠誠に相応《ふさわ》しい者になるわ」

リディエは、丁寧に礼を返した。

父が自身に示された敬意に対し、同じだけの敬意を返したのと同じように。

「正直なところ……銀狼の意図をくじきたいという目的もありました」

ふぅ、とイアソンは大きく息を吐く。疲れ知らずの頑強な男でも、今の会話は強い疲労を伴ったようだ。

「そうね。私が荘主になったんだから、攫った人質を使うにはいい機会だわ。いつ銀狼が交渉してきてもおかしくない」

「もう交渉ははじまっているかもしれませんよ」

「……嫌だわ。ソロス様が、もし――」

言葉の途中で、馬車が突然止まった。

まだ林檎邸までは遠い。開けてあった窓から「リディエ様！　保安隊のマノスです！　ご報告が！」と聞き覚えのある声が聞こえてきた。

リディエとイアソンとは、目を見あわせる。

「エクィル公子を捕縛いたしました！　今、梟砦の牢《ろう》にお移りいただいております！」

マノスの報告を聞き、リディエの手には、花束を折らんばかりの力がこもった。

（やった……やったわ！）

大きな手柄である。彼らが示した功は、極北の者たちすべての誇りだ。

馬車は動き出し、梟砦へ向かうリディエの心は高揚していた。

（これで、イラ荘の存在が議会にも認められる！）

梟砦に着くなり、飛び出す勢いで馬車を降りた。

梟砦の細い吊り橋は、落ちれば岩肌で身体《からだ》の砕ける高さにある。

高いところは苦手だが、今日ばかりは興奮が勝る。

岩を穿《うが》って作った梟砦は、南北に走る谷の西側の崖《がけ》にあるため、日が傾くと暗くなるのが早い。廊下の燭台《しょくだい》には火が灯《とも》っていた。

灯《あか》りのついた細長い建物の廊下を、牢のある突き当たりまで進む。――声が聞こえた。

「俺は、黒鷹の娘など妻にはしないぞ！」

黒鷹の娘、というのはリディエのことだ。一般的な極北の娘を指すならば、黒熊の娘、とでも言うだろう。カイエン家の紋章は黒鷹だ。

「なんの話？」

聞こえてきた言葉の意味がわからず、リディエは振り返ってイアソンに問うた。

「わかりません。ウロス家の尊い血を、野蛮な黒髪の女に分け与えるつもりはない――とでも言っているんじゃないですか？」

ややや投げやりに、イアソンは答える。

「……ずいぶん余裕ね」

エクィル公子は、自身の父と兄を殺した大罪人だ。

明日の命も知れない男が、妻にするのしないのと、よく言えたものだ。それとも人が言うように、正気を失っているのだろうか。

「俺には、すでに愛する妻がいる！　誰が逆賊《ぎゃくぞく》の娘など――来たな」

逆賊の娘、という言葉に、舌打ちでもしたい気分だ。父は謀反《むほん》を企《くわだ》てたことなど一度もない。汚名は残虐公のでっちあげ。侵略のための虚偽。汚い謀略《ぼうりゃく》だ。すでに名誉も回復されている。強く言い返したいのをこらえて、リディエは膝を曲げて一礼した。

「イラ荘を預かる、リディエ・カイエンです。エクィル公子には、はじめてお目にかかります。ご不便もあるかと思いますが、どうぞご容赦《ようしゃ》ください」

マノスが松明《たいまつ》を持って近づけたので、牢の中の男の姿が見えた。――明るい金の髪と、整った顔立ちの青年だ。牢が暗いので わかりにくいが、瞳の色はヴァシルと同じに見える。

身に着けたストールは、元の色がわからないほど汚れており、二カ月近い逃走の苦労がうかがえた。

そして——彼の横に、人がいる。髪の黒い、若い女だ。

マノスに「誰?」と聞くと「公子と共に潜伏していました。キルシュテ城の女官ではないかと」との答えがあった。

二人とも、服を替える機会がなかったのだろう。エクィルは汚れてこそいるが、貴族らしい絹のダブレットを着ていたし、女もあちこち破れてはいてもコタルディを着ている。だが、女は女官ではないだろう。キルシュテ城において、旧領出身の者が就ける仕事は下働き程度だからだ。

黒熊は野蛮だ、とキルシュテ城の貴族たちは思っている。二年前、捕らえられたリディエたちが受けた訓練も、おおよそ、ごく初歩的な礼儀作法だった。

女の姿を観察するリディエの目が、その腹部で止まる。

(……身ごもっているの? エクィル公子の子を?)

黒髪の女の腹は、一目でわかるほど大きかった。

間もなく処刑される公子と、身重の黒髪の女。波乱を呼びそうな組み合わせだ。

「俺には、愛する妻がいる。お前が、ウロス家の血を求めても無駄だ!」

謎の主張をするエクィル公子は、腹の大きな女を抱きしめ「愛している」と囁《ささや》いていた。

(なんなの、この人。正気なのか正気じゃないのか……わからないわ)

リディエが知る限りで、エクィル公子には正式な妻がいる。

だが、今エクィルの言う、愛する妻、というのは、その妻ではなく目の前にいる愛人の方なのだろう。夫よ妻よと呼びあう分には、神殿に誓約書を出す必要もない。

「せっかくのお申し出ですが、結婚相手は間にあっています」

「お前は、ラーベル宮殿でヴァシルに媚《こ》びを売っていただろう？　知っているぞ。そんな大仰な薔薇など持って、俺の愛でも乞《こ》う気か？」

残虐公の息子に媚びるくらいなら、死んだ方がマシだ——とは口にしないでおいた。間もなく死ぬ男に悪態をつく趣味はない。ソロスから受け取った大きな薔薇の花束は、近くにいた兵士に「持っていてもらえる？」と頼んだ。

「それで、愛する奥方様はどうなさいます？　身重のご様子ですが」

「生きるも死ぬも、我らは共にするぞ！」

「質問が間違っていました。——そちらの、貴女。保護を求めるなら、イラ荘は応じるわ。安全に出産して、子供と暮らせるよう手配する。牢を出て、先のことを話しましょう」

リディエはしゃがんで、黒髪の女に話しかけた。

しかし、女は首を横に振り、無言でエクィルにしがみつく。エクィルは「我が妻よ！」と感極まった様子で女を抱きしめ、二人は口づけに酔いだした。

エクィルは長い口づけのあと、勝ち誇ったようにこちらを見る。

「我らを引き離そうとしても無駄だ！　この崇高《すうこう》な愛は誰にも引き裂けない！」

「止める義理はありません。極北を蹂躙《じゅうりん》した貴方が吊るされたところで、祝杯を上げるだけです。けれど、奥方様まで並んで吊るされることはないでしょう」

「吊るす？　……待て。お、おかしいだろう。俺は、ノーツェ領の領主だぞ！」

エクィルは、女を押しのけ、牢の格子《こうし》をつかむ。

さんざん威勢のいいことを言っておいて、今さら怖気《おじけ》づいたのだろうか。

「交渉は、ウロス公と直接なさってください。あるいは、パルジャ城のダミアン卿と」

「ウロス公は、俺だ！　俺がウロス公になるに決まっているだろう！　――だいたい、ダミアン卿というのは誰だ？　処刑されたはずだろう」

「ソロス・ダミアン。エクィル様を匿ったとして処刑された、前ダミアン卿の甥御です」

「ヴァシルの腰巾着《こしぎんちゃく》か」

チッとエクィルは舌打ちした。

（あぁ、やっぱり親しかったのね。雰囲気が似ているのも、その所為《せい》かしら）

キルシュテ城下で一年訓練を受けたとはいえ、リディエや仲間たちは軟禁状態にあった。あまり、金髪の貴族たちの人間関係には詳しくない。しかし腰巾着、という言葉は、よほど親密でなければ出てこないだろう、とは思った。

「奥方様の存在を伏せられる時間は長くありません。答えを急いでください。――では」

リディエは女の方に「私は貴女を守れるわ。お腹《なか》の子供のことも」と声をかけてから、くるりと背を向けた。

「反逆者はヴァシルだ！　父と兄を殺したのは、あの悪魔だ！」

踏み出そうとした足が、止まる。

リディエは、ゆっくりと牢と向き直った。

――聞くべきではなかった。

これは災厄《さいやく》を招く、悪魔の羽ばたきの音だ。

はっきりとリディエは、自身と荘とに迫る危機を感じた。

王都の貧民を招き、開墾《かいこん》を進める。農地を回復し、食糧自給を目指す。林檎を高く売り、馬や牛を買って育てる。――そして、五年で領として独立する。

それらの計画は、あくまでも平時を前提としたものだ。

ウロス家の内輪もめになど巻き込まれては、一瞬で瓦解《がかい》する。

「公子。その話……先代のダミアン卿にもなさいましたか？」

「したに決まっているだろう！　事実なのだからな！　あの愚《おろ》かな弟を殺し損なったせいでこの様だ！　あれは、災《わざわ》いを呼ぶ悪魔だぞ！」

ざわざわと全身に悪寒が走る。

これは、呪いだ。耳にした者を破滅に導く。――あの、前ダミアン卿父子のように。

「殺し損なった……というのは、王領の……静かの森でのことですね……？」

「あぁ、そうだ。ヴァシルが帰国を企てていると知り、刺客を放った――が、逃げられた。余計な邪魔が入ったせいで――黒熊どものせいで殺し損ねた」

エクィルの瞳が怒りに燃えている。強い恨みを宿した目。だが、それはこちらも同じだ。

カッと頭に血が上り、リディエは格子を叩いた。

すぐにイアソンが、肩を抱いて格子からリディエを引き離す。

「我々は、ノーツェ領邸《りょうてい》に人質を取られていました！　ヴァシル様をお守りすれば、故郷に帰れると信じていたのです！　それを……」

この男には、わからないのだ。昨日の命令が、今日には覆《くつがえ》され、未来が揺らぐ恐怖が。

あの時は、他に道がなかった。帰るために、家族のために、仲間たちは命を賭《と》したのだ。

「お前たちだったのか……忌々《いまいま》しい黒熊どもめ！　殺せるものなら殺していたさ。だが、王領の、それも王女の私荘内だぞ。出した命令は、ヴァシルの暗殺だけだ。殺せるものか。ツィロン王子派の宰相《さいしょう》が、スキュイラ王女を陥《おとし》れる企てに乗じて、俺と兄は秘かにヴァシルを消すつもりだったのだ。派遣したのは、刺客一人。――失敗したがな。お前たちのせいだぞ。あの時、邪魔さえ入らなければ、父も兄も、死なずに済んだ！」

あの日、静かの森の現場は混乱していた。情報の攪乱《かくらん》は、刺客一人にできる芸当ではない。リディエを崖の上へ誘導したのは、ノーツェ領邸の人間だった。

スキュイラを陥れるために、ヴァシル暗殺未遂を画策した宰相。

その陰で動いていたキルシュテ城が放った刺客。

どちらにも、極北の人間を殺す理由がない。

あの日の出来事を構成していた——ノーツェ領と関わりのある——もう一つの意思が存在する。

「ヴァシル様が……仲間を——殺した？」

では、あの崖からリディエを突き落としたのも——ヴァシルだったことになる。

見捨てないでくれ。一緒に逃げよう。彼はそう言っていたのに。

「他にないだろう。ヴァシルもあの日の混乱を利用したのだ。自力で手配した者と逃げるのに、黒熊どもなど邪魔なだけだ。消したくもなる。——とにかく、新たなウロス公は俺だ。偉大なるアラン・ウロスを殺した、あの悪魔こそ、吊るすべきだろう！」

目眩《めまい》を感じ、額《ひたい》を押さえる。

やはり、これは災厄を招く呪いの言葉だ。

「……そのお話を真に受けた者から、ヴァシル様に吊るされるわけですね」

「真実は動かん！　正義も一つ！　ソーン四世陛下は、今すぐにでも俺をノーツェ領主に封じるべきだ！　今度こそ、あの悪魔を殺してやる！」

イアソンの腕は、まだリディエの肩を抱えたままだった。

「イアソン。モガーラを呼んで。一大事よ。このままでは、イラ荘が滅びるわ」

「わかりました。――もう大丈夫ですね？」

答えを聞く前に、イアソンの腕が離れる。

「貴方こそ、大丈夫？」

仲間を殺した者の名を聞いて、平静でいられるわけがない。

問いが心外だったのか、イアソンは片眉だけを上げた。

「オレが育った神殿を、神官と孤児もろとも焼いたのはエクィル公子ですが、まだ縊《くび》り殺していません。オレは至って冷静です」

イアソンはエクィル公子を見てから、リディエに一礼し、その場を離れた。

まだ、エクィルは牢の格子に張りついたままだ。

「俺は、あの悪魔を許さんぞ！　あいつは、俺の妻を寝取った！　兄の愛人もだ！　父の愛人までだ！　殺さず放逐で済ませてやったのに、恩を仇《あだ》で返した！　許せん！」

横にいた黒髪の女が「私は、お傍《そば》におります！」と叫び、エクィルに抱きついていた。

（私は、ヴァシル様のことをなにも知らなかった）

父に見捨てられた。兄に疎《うと》まれた。ヴァシルが言った言葉の裏に、本当に寝取る寝取られるの話があるのであれば、受け取り方も違ってくる。

だが、それはこの際、横に置いておいた。

問題は、残虐公とベゥルガ公子殺害が、誰の手によるものかだ。

ヴァシルは、エクィルが殺したと言う。

エクィルは、ヴァシルが殺したと言う。

どちらがどうかなど、その場にいなかったリディエに判断はできない。

ただ、エクィルの話を真に受けたダミアン卿は、息子ともども城門に吊るされている。

「……スキュイラ様に、お報せしなくては」

一刻も早く。今すぐにでも。

このままでは、前ダミアン卿の二の舞だ。呪いは、我が身ばかりか荘をも滅ぼす。

(――殺される)

リディエは今度こそ牢に背を向け、執務室まで走った。

扉を勢いよく開ければ、机の前にいたウラドは仰天している。

「な、なんです、急に」

「ウラド。ラーベル宮殿に向かって。今すぐよ」

「わ、私が？　なにをおっしゃる。私は伝令ではございませんぞ」

梟砦は崖を穿って作られているため、どこもかしこも細長い。この執務室も縦に長く、作りはごく簡素である。壁に地図がかかり、書類の棚がある他は、応接用の長椅子が二つあるだけ。記憶にあるままだ。

「貴方の乗馬が下手《へた》なのは知ってるわ。そこは期待していない。早馬を手配して」

「心外な。毎日鍛錬を欠かしておりません」

リディエとウラドは、執務室の真ん中で向かいあった。翡翠《ひすい》色と曙光《しょこう》色の鮮やかな絨毯《じゅうたん》は、大陸との交易が盛んだった頃の名残だ。

「馬の話はよして。――エクィル公子の主張、聞いた？」

「ヴァシル様が、父君と兄君を殺したという話でございましょう？　聞いておりますよ」

ウラドは「信じるのですか？」と呆れ顔をしている。

たしかに、鵜《う》呑《の》みにするには突飛《とっぴ》な話だ。だが、問題はそこにはない。

「どっちかなんてどうでもいい。重要なのは、ヴァシル様がこの話を聞いた人間をどんな目にあわせたかよ。前ダミアン卿は吊るされた。次は我々の番だわ」

ごくり、とウラドが生唾《なまつば》を飲む。

やっと、彼にもこの危機が理解できたようだ。

「し、しかし、これはノーツェ領の内輪もめでございますよ。黙ってヴァシル様に引き渡せばよろしい。ヴァシル様には、王領に攻め入る権限などございません」

「ヴァシル様が残虐公を殺していたなら、ウロス公になるべきはエクィル公子よ。婿《むこ》に出されたヴァシル様の立場が、領内で強いわけがない。エクィル公子が大罪人でなければ、そもそも今の立場さえ成立しないのよ。必死にもなるわ。法だって無視しかねない。仇討ちを名目にして、ヴァシル様がここを攻めてこないと言い切れる？」

　ウラドは、顎《あご》に手を当て「ふむ」と唸《うな》った。

「……これは、議会を通すべき、緊急、かつ重大な問題ですな」

「そうよ、今すぐスキュイラ様にお会いして、直接この状況を伝えてちょうだい。一刻を争う。伝令に任せるだけでは足りないの。こちらの状況を正しくお伝えするのは、弁の立つ貴方が適任よ」

　ウラドの手が、突然、リディエの手を包んだ。

　急に距離が近くなった。宝玉のような碧色《みどり》の瞳は、キラキラと輝いている。

「結婚してください。リディエ・カイエン女卿」

　いつ会話がそんな流れになったやら、さっぱりわからない。唐突すぎる。

「え？」

　思わず、大きな声で聞き返してしまった。

「私と結婚してください、リディエ様」

　大真面目に、ウラドは繰り返す。

　こちらも大真面目に応えるしかなくなった。

「ウラド。私は、足を引っ張るだけの夫なんか要らないわ。心から必要とし、頼るべきは有能な副官よ。貴方の力が必要なの」

四の五の言わずに、今すぐ発《た》ってほしいところだが、ここで端折《はしょ》ると後々に響きそうだ。

宝玉のような目は、じっとリディエを見つめて、思案の色を見せた。

「私の力が、必要なのですね？」

「ええ、そうよ。貴方にしか頼めないわ」

「お任せを。——美しい人。貴女の期待に、必ずや添うてみせましょう」

改めて、ウラドはリディエの両手をしっかりと握り、手の甲にキスをする。

張り切ったウラドは「ラーベル宮殿に向かうぞ！」と宣言し、外にいた金髪の副官を引き連れて出ていく。

（なんなのよ、一体。取ってつけたみたいに褒《ほ》めだして。……気持ち悪い）

リディエは、疲れを覚えて椅子に座る。ウラドに奪われていた執務室の椅子に、やっと座ることができた。感慨深い。

「色仕掛けはいただけないですよ」

いつの間にか、執務室の中にいたイアソンが、ぽつりと言う。

「なにが色仕掛けよ。全然そんな感じじゃなかったじゃない！」

リディエは、憤然《ふんぜん》と抗議する。

唐突な求婚を断り、適所に人材を配置しただけの話である。

「自分より弱い相手にすがられたら、情が湧く。経験済みでしょう？」

そう言われると、ぐうの音も出ない。

ヴァシルに泣いてすがられ、傍から離れそびれた記憶が蘇る。

「でも、色仕掛けとは違うじゃない」

「同じですよ。悲劇を背負った女は、必要以上に美しく見える」

ふと、今の話には彼自身の経験が反映されているのだろうか——と思った。だが、あのスキュイラがイアソンにすがるはずもないので、別な話なのかもしれない。

執務室に、モガーラが駆けつけたのを機に、リディエはその無駄な思考を打ち切った。

「——そんなことより、今後のことを話しましょう。イラ荘は岐路に立っているわ。この難局を、皆で乗り切りましょう。私たちは、北部を取り戻すの。これ以上なに一つノーツェ領には奪わせない。ここは私たちの土地なのだから」

リディエの言葉に、二人は、揃《そろ》ってうなずいた。

ここが正念場だ。

「それで……エクィル公子の話を聞く前から考えていたんだけど……私、ヴァシル様がすんなりウロス公に即位できたとは思えないの。相手は神殿よ？　離婚の成立にせよ、一度放棄した権利の復帰にせよ。……なにが言いたいかっていうと、もしかしたら、ヴァシル様は、まだ正式にウロス公じゃないんじゃないかって——」

神殿に提出した誓約書の効力は重い。一度受理されたものを覆すのは難しいのだ。誓約は王笏《おうしやく》より堅し、というだけあって、あのスキュイラでさえ離婚を認めさせるために苦労していた。

「ヴァシル様が、ウロス公を僭称《せんしよう》……たしかに、あり得ますね」

イアソンは、腕を組んだ格好でうなずいた。

「もしかしたら、離婚も成立していないいんじゃないかっていうのが私の推測。だって、ご婚儀から、やっと今月で一年になるんですもの。だから、今回の件はスキュイラ様に委《ゆだ》ねることにしましょう。こちらでは判断せず、感情を動かさない。――我々の仕事は、スキュイラ様の判断が下されるまで、エクィル公子をノーツェ領に引き渡さないことよ」

リディエの言葉に、モガーラは「最善の策かと」と同意を示した。

推測が当たっていれば、ヴァシルからの引き渡しの要求は強いものになるだろう。僭称であればこそ、その地位を確固たるものにすべく動くだろう。エクィルを、口を開かせぬまま殺したいに違いない。矢面に立つのは、このイラ荘だ。

「オレがパルジャ城に報せてきます。ダミアン卿の反応も見ておきたい」

「そうね、任せるわ。モガーラは西からの侵攻に備えて」

モガーラが先に一礼して出ていき、イアソンが続く――かと思えば、扉のところで振り返る。

「オレには、貴方の力が必要なの、とは言わないいんですか?」

「……無駄な話は嫌いよ」

キッとにらめば「ごもっともです」と言ってイアソンは出ていった。

（引き渡しを伸ばすと言っても……簡単じゃないわ）

梟砦からラーベル宮殿まで、塩の道の早馬を使っても十日余りかかる。

スキュイラからの報せがくるまで、最短で二十日。

パルジャ城からキルシュテ城までは、おおよそ八日。道のほとんどが山間部とはいえ、早馬を使えば、もう少し早いだろう。

ヴァシルが攻めてくるとすれば、早馬の速度が行軍の遅さで相殺《そうさい》されて、十六日程度と推測できる。

（間にあわないわ。百人しかいない街道保安隊では、ノーツェ軍の足止めもできない。キルシュテ城は、五千の兵を抱えているもの）

どこかで、時間を稼ぐ必要がある。

リディエは壁の地図に目をやったまま、椅子に腰かける。

その拍子に、袖《そで》が羽根ペンの先に引っかかった。ペンを戻す途中で、机の上の書類に目が吸い寄せられる。

イラ荘の地図だ。それぞれの地区に、復興に向けた計画が書き込まれていた。

（ちゃんと仕事をしてたのね、あの人。意外だわ）

どうにも、蜂《はち》の会にはいい印象がない。

ウラドも執務室でふんぞり返って紅茶を飲むばかりかと思えば、しっかり仕事はしていたらしい。学者の意見も細かく書き添えられている。

(……すごいわ。私でも、まだここまで具体的な計画は出せていないのに)

当初はスキュイラの人選に首を傾《かし》げるばかりだったが、ウラドが有能であることは間違いなさそうだ。少なくとも、彼は今日まで日常の業務を滞《とどこお》らせたことはない。

地図からは、将来を見すえ、荘を育てる意思が見える。

(ウラドとも、反発しあうだけでなく、手を携えられたらいいのに。——夫にはしたくないけど。絶対に)

自分たちは、前に進む能力と、意思とを持っている。

この土地には、未来がある。

荘の未来は、自分たちのものだ。

「ウロス家の内輪もめなんかに、巻き込まれてたまるものですか」

リディエはキッと地図上のキルシュテ城をにらみ、決意を口にしたのだった。

ソロスが梟砦に駆けつけたのは、エクィル捕縛の翌早朝のことだった。

青ざめた顔で執務室に入るなり、翡翠色と曙光色の絨毯の上に跪いた。

「貴女の愛を乞いたい、リディエ・カイエン女卿。私は、貴女を守りたいのです」

「ソロス様……どうなさったのです、急に」

求婚自体は予想していたものの、ここまで単刀直入にくるとは思っていなかった。

リディエは戸惑いを、やや大袈裟《おおげさ》に顔に出す。

「すぐに、エクィル公子を私に引き渡してください。その上で、私の妻になってくださればば、貴女の身をお守りできるのです。このままでは——」

ソロスの額には、汗が浮いていた。必死さがひしひしと伝わってくる。

「このままでは、前ダミアン卿の二の舞になる……とおっしゃるのですね？」

大きくソロスはうなずき、リディエの右手を両手で包んだ。

「お聞きになったのでしょう？　エクィル公子のことですから、黙っているとは思えない。エクィル様は、なにも喋《しゃべ》らぬまま死ぬべきです。だが、それだけでは、安心できません。私たちの縁談が進んでいると知れば、ヴァシル様もそれ以上のことはしないでしょう」

やはり——残虐公を殺したのは、ヴァシルだ。

この腰巾着と評されたソロスの狼狽《うろた》えようが、なによりの証だろう。

覚悟はしていたものの、リディエの心は大きく波打っている。

ヴァシルが極北の仲間を殺し、リディエを突き落とした——というエクィルの主張が真実味を増してしまった。否定できる材料を、リディエは持っていない。

「お申し出はありがたいですが、イラ荘は、この件をスキュイラ様にお任せいたします。いずれ、ルナヴィア王国議会の調査が入るでしょう」

動揺は隠すつもりだったが、リディエの発した声は、少しだけ震える。

「間にあわない。議会の調査が入る前に、貴女は殺されています。ヴァシル様は、貴女に執着している――異常なほどだ」

ソロスの必死さはわかる。だが、その最後の一言だけは、理解できなかった。

「異常だなんて……私とヴァシル様は、そんな関係ではありませんわ」

リディエは、ただの秘書官だ。それ以上でも以下でもなかった。

ただ、民に愛されるよう助言した。そして――やむを得ず距離を取った。それだけの話だ。執着、などという粘度のある言葉は相応しくないだろう。

「いや、違う。貴女はヴァシル様をわかっていない。あの方は、喜んで貴女を城門から吊るすでしょう」

「まさか！　私は、領邸の命令で……ただ、お力添えを……本当にそれだけです」

違う。ソロスは誤解している。

ただ、気の毒だ、と思った。

「深窓のご令嬢にはわかりますまい。だが、世には、自分の世話をしてくれた女を憎む男は大勢います。金をむしり取っておきながら、女を殴る男も多い。世話になればなったただけ、狂暴になり、横暴になる。行きつくところは、殺す殺されるの関係だ」

「わかりません。……そんな、殺すだの殺されるだのと……」

リディエも、そうした男がいることは知っている。

果樹園のモナの最初の夫も、そうだった。父はそれと知るとガラエルの小神殿と掛けあってモナの夫を追い出したが、酒を飲んでは妻に暴力をふるっていたらしい。

他にも知っている。子供の頃、パルジャ城の女官が殺された。養っていた男に首を絞められたそうだ。

女官の仲間たちは言っていた。――かわいそうに。男を見る目がなかったから。悪い男につかまったわね。

兄に尋《たず》ねたところ、こう言った。――性質《たち》の悪い男を選ぶからだ、と。

だが、リディエには彼女たちの不幸と、自分の身に起きようとしていることが同じだとは思えない。それらは、夫婦や、男女の仲になった人たちに起きるもののはずだ。

「貴女がパルジャ城に吊るされるのは見たくない。エクィル公子を私に引き渡して――」

ごほん、と咳《せき》払いの音が聞こえた。

ソロスは、立ち上がって扉の方を振り返る。その拍子に、強く握られていた手も、パッと離れた。

扉の前にいたのは、イアソンだ。

「ダミアン卿。お引き取りを。ここは王領です」

手ぶりで、イアソンは扉の外を示した。

「君たちは、ヴァシル様の怖さをわかっていない！　君も公子を匿った罪で、城門に吊るされるぞ！」

「正統な理由もなく、王領に兵を向けるのは大逆罪。どちらが吊るされるか、見物ですな」

ソロスと、イアソンの視線がぶつかる。

「主をお守りしての騎士だろう」

「お守りしますすよ。――リディエ様の兄君に代わって」

この時、ソロスの顔に動揺が見えた。誤魔化《ごまか》すように「気が変わったら、ご連絡を」と言い置いて執務室を出ていく。――銀狼のストールを翻《ひるがえ》して。

その背がすっかり見えなくなるまで待ってから、

「今の態度……なにか、知ってるわね。あの男」

とリディエは呟いた。

「鎌をかけた甲斐《かい》がありました。婿入りしたヴァシル様が、王領脱出にあたって動かせた人間は少ないはずです。旧知なら可能性も――」

イアソンが言い終える前に、パァーッと角笛の音が響いた。「逃げたぞ！」と牢の方から声が聞こえた。さらに「公子が逃げた！」と声が重なる。

リディエは、執務室の窓に駆け寄った。

眼下に縄が何本も下ろされ、兵士たちが伝い降りていく。

降り立った兵士たちは、整然と厩舎《きゅうしゃ》に走っていった。さすがはモガーラが育てた兵士だ。動きが練られている。

次々と厩舎から、馬に乗った兵士が出ていくのを確認してから、リディエは執務室を出た。

（逃げても無駄よ、エクィル。必ず捕らえてやるわ！）

保安隊が挙げたばかりの手柄を、ここで逃すわけにはいかない。

むきだしの岩壁の凹凸《おうとつ》がくっきりと見える明るい廊下を、大股《おおまた》に進む。

ミキスが牢に前にいて「ご覧にならない方がよろしいかと」といったん止める。

だが、リディエは「大丈夫よ」と伝え、制止の手を断った。

そこに――女が倒れていた。

首に残る赤黒い痣《あざ》が痛々しい。黒髪の女が、牢の中で死んでいる。

リディエは、猛烈な後悔に襲われた。

（身重では、足手まといになるから殺したの？　なにが崇高な愛よ！）

戯言《たわごと》に耳を貸さず、すぐに引き離せばよかった。愛で縛られた女の弱さを、想像すべきだったのだ。――あの、モナの夫も言っていた。妻を愛しているんです、と。モナも顔に痣を作りながら言っていた。夫を愛しているんです、と。

男の愛など、都合のいい時だけの戯言だ。

――ふにゃあ、と声がした。

リディエは、思わずミキスと目を見あわせる。

それが、赤ん坊の声だと気づくまで、浅い呼吸が二つほど。

慌てて駆け寄れば、女のスカートの中で蠢《うごめ》いているものがある。――赤子だ。

「い、医者を……医者？　産婆《さんば》？　どっちも呼んでちょうだい。この子、生きてるわ！」

――エクィルの、子だ。それも、男子である。

梟砦は、上を下への大騒ぎになった。

まっさきに駆けつけた砦館の厨《くりや》で働く女が、盥《たらい》に張った湯で赤ん坊を洗う。

リディエは布に包まれた赤子を渡され、オロオロしながら受け取る。

柔らかく、温かい。この尊いものを守らねば。守れるのは自分だけだ、と思うのに、赤子の命は、風前の灯火《ともしび》であった。

「……ヴァシル様に知られたら、殺されてしまうわ」

残虐公に孫はいない。庶子とはいえ、この子が最初の一人だ。

エクィルの息子は、ヴァシルの地位を脅《おびや》かす存在になり得る。――危うい。

「近隣の農村にでも隠しますか」

イアソンの提案を、リディエは「それじゃあ守れないわ」と止めた。

幸いにして赤子の髪の色は、父親似の明るい色だ。

「隠すなら——今、この界隈《かいわい》で一番、突然子供が増えても不思議に思われないところにしましょう。あの城の中なら安全よ」

リディエがそう言うと、察したイアソンは「とんでもないことを！」とひどく呆れ、だがすぐに「しかし一番安全です」と認めたのだった。


流血を伴ったエクィルの逃亡は、三日で終わった。

我こそが正統なるノーツェ領の後継者だと思うならば、王都を目指すべきだったのではないかと思うのだが。発見されたのは漁村の近くだった。海は逃亡者を誘うらしい。

エクィルを最初に捕縛してから十二日目に、キルシュテ城から来た早馬が「大罪人を引き渡していただきたい」と言ってきた。これをリディエは、自荘が王領であることを理由に断っている。

十五日目に、南ガラエル荘に置いていた斥候《せっこう》から、五百のノーツェ領兵が荘境を通過したとの報があった。再び、使者に引き渡しを要求され、これも断っている。

十七日目に、千の兵がパルジャ城近くに陣を張った。この時の使者ははっきりと「公子を引き渡さねば、この砦を襲撃します」と脅《おど》しをかけてきた。

リディエは、王宮からの返事を待っている、と回答を引き延ばす。

――最初の捕縛から十八日。まだ、王都からの使者は来ない。

(限界だわ。これ以上は引き延ばせない)

ついに、リディエはソロスに使いを送った。

辞を低くして、引き渡しの可能性を示唆《しさ》した上で仲介を依頼する。

王都からの早馬が着いたのは、十九日目のことだった。

――エクィル公子の引き渡しに応じ、その場で時間を稼ぐよう。公子の生死は問わない。ヴァシルを、ルナヴィア王国軍が到着するまでガラエルに引きつけておいて――とスキュイラは言っている。

相変わらず無茶を言う人だ。だが、やるしかない。この数日の選択に、イラ荘の命運がかかっていると言っても過言ではないだろう。

ついに、三日月湖でのエクィルの引き渡しが決まった。

間にソロスが入り、互いに連れていく兵の数も、護衛の五十名のみと決まった。

エクィルの最初の捕縛から、二十一日目の朝のことである。

――朝靄《あさもや》の中、リディエは湖畔《こはん》に馬を進めた。

すぐ後ろに、イアソンがエクィルの乗った馬の轡《くつわ》を取って歩いている。エクィルは猿轡をされ、右腕だけを縛られた状態で馬に揺られていた。

緊張で、リディエの手綱を持つ手には力がこもる。

リディエは、ここで時間稼ぎをしなくてはならない。それも、ヴァシルを相手にだ。

自分を崖から突き落とした男。極北の仲間を殺した男。平静を保つのは難しい。

靄の向こうで、馬の嘶《いなな》きが聞こえる。

──見えた。青毛馬に乗ったヴァシルがいる。身に着けているのは、白狐《しろぎつね》のストールだ。

新調したのか、鮮やかな白は眩《まばゆ》いばかりである。

斜め後ろの葦毛馬に乗っているのは、銀狼のストールを身に着けたソロスだ。ヴァシルとは対照的に、悄然《しょうぜん》とした様子であった。

「リディエ！」

明るい笑顔で、ヴァシルが手を振っている。

なんと遠いのだろう。自分の立つ旧ガラエルの湖畔と、ラーベル宮殿の庭園は、あまりに遠い。多くの出来事が、実際の距離よりも遥《はる》かに大きく二者を隔《へだ》てている。

「ヴァシル様……」

朝靄の向こうから差す光が、その金の髪をキラキラと輝かせていた。

馬車二台分ほどの距離を置いて、四頭の馬は止まった。

「いや、堂々とした女荘主ぶりだな。見惚《みと》れるばかりだ」

「お元気そうでなによりです。お怪我《けが》は、もうよろしいのですか？」

平気だ、と示そうとしたらしい。肩を大きく回したヴァシルは、途中で顔をしかめていた。まだ痛みはあるのだろう。自身に刻まれた傷からも、推測はできた。

「貴女も無事でよかった。あの崖は高くて、恐ろしい場所だったな。よく助かったものだ」

明るい笑顔で、ヴァシルは言う。突き落とした──その本人が。

うすら寒いものを、リディエは感じている。

「なんとか、生きております」

様々な言葉を飲み込んで、リディエは小さな声で答えた。

身体中に、大小の傷は生々しく残っている。足はなんとか回復はしたものの、もう元の身体ではなくなってしまった。医者は、はっきりとした老いを迎える前に、杖が必要になるだろう、と言っていた。

「礼を言いたかった。貴女のお陰で、自由になれた。この背に翼があることに、貴女が気づかせてくれたのだ」

とても爽やかな笑顔で、ヴァシルは言った。

「いいえ。領邸の有志のお陰です。ヴァシル様が無事にノーツェ領へたどり着けるよう、命を賭してくれました」

「そうだな。だが彼らに従っていれば、死ぬまで塔に幽閉されていた」

心臓が、どくりと跳ねた。

――隠居させてやるからおとなしくしていろ、とスキュイラが。

――殺されるよりマシだ。塔に幽閉されてくれ。と領邸の有志が。

――戻ってくるな。死ね、とヴァシルの家族が。

あの日、それぞれが、それぞれに勝手なことを言った。

それらの声に隠れていた声が、今、鮮明になる。

――私は、自由だ！

叫びが、耳元で聞こえたような気がした。

「ソロスとの婚儀の日取りは決まったか？　――ソロス。さっさと話を進めろ」

明るい調子で、ヴァシルは話を次に進めていく。

崖から突き落とした男が、崖から突き落とされた女に、結婚の話をしている。それも楽しげに。まったくわけがわからない。

ソロスは「はぁ」と曖昧《あいまい》な返事をしていた。彼らの力関係が想像できるやり取りだ。

さっさと話を終わらせたいが、今は会話を引き延ばすのがリディエの役目である。

王国軍は、近くまで来ている――はずだ。ここで時間を稼がねばならない。

「ヴァシル様。私はソロス様と婚約はしておりません」

笑顔で、ヴァシルが懐《ふところ》から革の円筒を取り出した。中から出てきたのは、一枚の誓約書
――見覚えがある。

「では、今すぐにしよう。見ろ。誓約書だ。ここに、貴女のサインがしてあるぞ」

この距離でもわかる。ダミアン家の盾と交剣の紋章が右に。カイエン家の黒鷹の紋章が左に書かれた誓約書だ。

ラーベル宮殿に向かう直前なので、一年前のことだ。キルシュテ城下にある小神殿で、婚姻《こんいん》の誓約書にサインをした。

誓約書にサインをすれば婚約。神殿に提出し、認められれば婚姻成立だ。

「それは、前ダミアン卿のご子息との間の誓約書です。ご本人は亡くなられました」

「ダミアン家の方は、まだサインがない。ここに、ソロスが名を書けば婚約成立だ。私が神殿に出しておこう。楽しみだな。ソロスが夫ならば、貴女もすぐに孕《はら》む。子供を一人二人と産んだなら、キルシュテ城に来てくれ。一緒に暮らそう」

ヴァシルは、誓約書と円筒をソロスに押しつけながら、笑顔で言った。

腹が立つより先に、気味が悪くなる。

王領の荘主たるリディエに、さっさと子を産み、しかるのちに自分の愛人になれ、とヴァシルは言っているのだ。侮辱《ぶじょく》にも程がある。

（ヴァシル様は、こんな方だった？　キルシュテ城に戻って人が変わられたの？　……わからない。ただ、私がなにも知らなかっただけなのかもしれない……）

リディエが戸惑いと闘う間に、朝靄の中からゴロゴロと音が聞こえてきた。

むき出しの檻《おり》が積まれた荷台が、姿を現す。

細い柱に、小さな座面。首枷《かせ》に、足枷。重罪人を引き回しにする際に使うものだ。

（こんなものに入れて、自分の兄を運ぶつもりなの？）

エクィル公子が、猿轡の下で唸っているのが聞こえた。憤慨もするだろう。人の尊厳を踏みにじる蛮行である。城門に吊るす方がまだマシだ。

「お待ちください。キルシュテ城までの護送は、イラ荘が行います」

「人生は戦なのだ、リディエ。貴女が教えてくれただろう？　兄に屈辱を与えることで、今後、続く者がいなくなる。――邪魔をするなら、貴女も裸にむいてここに入れるぞ」

ソロスが「ヴァシル様」と窘める。

イアソンもほぼ同時に「お言葉が過ぎます」と声を発していた。ここでヴァシルはイアソンの存在に気づいたらしい。

「そなた……見たことがある。ラーベル宮殿にいたな。なんだ、騙《だま》された！　親しくないなどと、よくも言えたものだな。なるほど、そうやって男を思うように操っていたわけか」

ヴァシルが言っているのは、リディエがラーベル宮殿にいた頃のことだ。当時、蜂の会にいたイアソンと親しくなかったのは事実で、思うように操った覚えもない。

（憎まれる覚えはないと思っていたけど……理由があろうとなかろうと、ヴァシル様は、私を嫌って、憎んでいる……）

いつから？　いつの間に？　リディエには、ヴァシルに憎まれる理由がわからない。

憎んでいるならば、どうして、愛《いと》しいだの、貴女だけが頼りだのと言ったのだろう。

イアソンが会釈をし、ヴァシルに向かって一歩前に出る。

「以前はただの同輩でした。今はリディエ様の北部を思うお気持ちに心打たれ、生涯の忠誠を誓っております」

硬い声でイアソンが言えば、ヴァシルは鼻で笑っていた。

「そんなことはどうでもいい。さぁ、早くその大罪人を引き渡せ。のらりくらりと、よくも引き延ばしてくれたものだ。小賢しい、あの権高な王女の入れ知恵か？　これ以上逆らうならば、大罪人を庇った罪で、パルジャ城に吊るすぞ！　さっさと――」

そのヴァシルの大声を、遮《さえぎ》った者がある。

――お待ちを！

靄の中から出てきたのは、靄の向こうからでもわかる鮮やかな赤い髪――ウラドだ。

馬が得意ではないウラドが王都から戻ったからには、王国軍も間近まで来ているはずだ。

（最低限、役目は果たせたようね）

だが、安堵《あんど》は一瞬でしかない。目の前にいるヴァシルは、弓を背に負い、剣を佩《は》いていた。彼の後ろにいる兵士の数も、五十だけとは限らない。危機は依然続いている。

「引き渡しは、お待ちください！　エクィル公子の身柄は、ルナヴィア王国軍にお預けすることに決定しております！」

　駆けてきたウラドが、リディエの横に馬をつける。

　いつぞや、王都の外れの薔薇農園で対峙《たいじ》したことのある二人だ。

　ウラドは、ヴァシルを侮辱した仲間の横にいただけだったが、同じことだろう。ヴァシルが剣まで抜きかけた、あの緊張は記憶に鮮明である。

「ウロス公と呼べ」

　ヴァシルも、怨恨《えんこん》を忘れていないようだ。ひどく狂暴な顔つきで、冷ややかに命じた。

「恐れながら、ソーン四世陛下はノーツェ領の後継者として、ヴァシル・ウロス殿下をお認めになっておられません」

　ウラドは、臆《おく》することなく応える。

（やっぱり。――僭称だったんだわ）

　リディエは、自身の推測に自信を持った。

　ラーベル宮殿にウラドを走らせた判断は、間違っていなかったようだ。

「今すぐにでも認めるべきだ。領主不在は混乱を招く」

「すでに新領主は議会で承認されております。――こちらの、エクィル・ウロス様です。誓約書も、こちらに」

　ウラドが、輝く金の円筒を二本掲げた。

「ふ、ふざけるな！　この男が父と兄を殺したのだぞ！　佞臣《ねいしん》めが、ほざくな！」

ヴァシルの手が、剣に伸びる。

「そこまで！」

声が——響いた。

ガラエルの山々を映す湖の上に、高らかに。

ちょうどリディエの馬は、その声の主に背を向けていた。だから、先に目に入ったのは、驚きに固まるイアソンの顔だった。

すぐに馬の向きを変えたリディエの顔も、同じように固まった。

（スキュイラ様——？　どうして、こんなところに……！）

銀の甲冑《かっちゅう》も勇ましく、そこに、ラーベルの青き薔薇がいる。

一国の王女が、まさか極北まで出向いてくるとは想像もしていなかった。それも、早馬もかくやという早さだ。驚くばかりである。

十年にわたって北部を放置してきた父親と、彼女はまったく違う存在なのだ、と強い感動をもってリディエは理解する。

驚いていたのは、ヴァシルも同じであった。

突然、辺りをきょろきょろと見渡したのは、周囲の兵を警戒したのだろう。

湖の上の靄は晴れているが、木々の間は視界が十分ではない。スキュイラの後ろに控える兵の数は、リディエにも把握できなかった。

ただ、寡兵《かへい》ではないだろう。なにせここにいるのは王位継承権を持つ王女だ。

スキュイラは、冷ややかにヴァシルを見下ろして、言った。

「ヴァシル・ウロス。その矢を放てば、反逆罪に問うわ。ルナヴィア王国を敵にまわす覚悟はあって？　エクィル・ウロス公の身柄は、ルナヴィア王国軍が引き取る。今すぐ、キルシュテ城に戻って、議会の調査団に協力なさい」

つい先ほどまで、ヴァシルは圧倒的に強者だった。五百もの兵を引き連れ、物々しい檻を見せつけ、軍も持たない小荘に迫っていた。

だが、もう立場は逆転している。

「スキュイラ殿下、これはウロス家の内輪もめ。お手をわずらわせるまでもございません」

ラーベル宮殿では会話のなかった二人が、極北の地で会話をはじめた。

張りつめた空気に、周囲の誰もが固唾《かたず》を呑《の》んで見守っている。

「父親と長兄を殺せば、領主になれると思った？　王領に踏み込んでも罰せられないとでも？　甘いのよ。そうやって法を軽視してきたから、北部はこんなに荒廃したの。ウロス家の人間は、恥じるべきだわ」

スキュイラを見つめるヴァシルの顔は、青ざめたまま狂暴なものに変わっていく。

「ノーツェ領は、私が相続いたしました。今後は旧態を改め——」

「何度でも言う、貴方は、ノーツェ領を相続できていない。わかっているでしょう? 貴方は領に関わるすべての権利を放棄しているの。ルナヴィア王国議会が認めるウロス公は、エクィル公子よ」

「……その男は、父と兄を殺した罪人。その資格はありません!」

「まだわからない? 貴方の言い分を、議会は認めていないの。神殿もね。貴方はまだ、心身の健康に問題のあるルナヴィア王女の婿のまま。勝手に宮殿を飛び出して、ウロス公を僭称しているだけの存在なの。だって貴方、なんの手続きもできていないじゃない」

なんと殺伐《さつばつ》とした応酬《おうしゅう》だろうか。

聞いているだけで、寒々としてくる。

「せ、僭称ではありません。私は父から、たしかに遺言を受け……」

「勘違いしないで。神殿が認めない限り、この国では国王さえ戴冠できないのよ。——このまま投降すれば、どこかの城で隠居させてあげる。しないなら——覚悟することね。もう容赦はしないわよ。私は、父とは違う。内乱を恐れて、法を枉《ま》げたりはしないわ」

崖から突き落とした男を、リディエは恨んでいる。

愛人にしてやる、と言った男を、リディエは憎んでいる。

それなのに——その時、思った。

(このままじゃ……殺されてしまう)

まるで、ラーベル宮殿での馬上槍試合の勝者を見た時のように。

――お気の毒なヴァシル様。

あの時と、ヴァシルの立場はなんら変わっていないのだ。

スキュイラが、ウラドに「公子の縄を切って」と小さな声で命じた。

ぷつり、とエクィルの腕を縛る縄が切られた。猿轡も外される。

「下がりましょう、エクィル様。危険です」

イアソンが、エクィルに声をかける。育ての親を殺した憎い仇《かたき》のはずだが、イアソンはたしかに冷静ではあった。

だが――それは、一瞬の間に起こった。

エクィルは、馬上からイアソンの肩を蹴《け》り、ヴァシルの前に飛び出して、

「お前もここまでだ！　ヴァシル！　俺こそが真のウロス公だ！　俺の後を継ぐのは、俺の息子だ！　種なしのお前は、なにも残さず吊るされる！　滑稽だな！」

と大声で叫んだ。

エクィルの高笑いが響く。「様《ざま》を見ろ！　種なしめ！」と罵る声も。

そして、エクィルの首に矢が突き立ち、身体が傾ぎ――どさり、と落馬した。

エクィルは、何度か身体を痙攣《けいれん》させ、すぐに動かなくなった。

もう、ヴァシルの姿は消えている。

（どういうことなの……？）

ほんの一瞬の間に、多くのことが動いた。

ウロス公となったエクィルは死に、ウロス公を僭称するヴァシルは反逆者になった。

もう、後戻りのできない事態である。

呆然《ぼうぜん》としていると、横にスキュイラの馬が並んだ。

「本当に、バカな男ね」

やはり、彼は愚かだとリディエも思う。暴走を重ね、ついには反逆者になってしまった。

背の翼になど、気づかなければよかったのだ。

その背にあった翼は、災厄を運ぶ悪魔の黒翼でしかないのだから。

「スキュイラ様。ヴァシル様を……討伐《とうばつ》なさるのですか？」

聞くまでもないことを、リディエは聞いていた。

反逆者を許容する為政者など、この世界に存在するわけがないというのに。

「難攻不落のキルシュテ城を落とした――って武勇伝は欲しいけど、相手がヴァシルじゃ犠牲を払う甲斐はないわ。挑発して。貴女、ヴァシルを怒らせるのは得意でしょう？　ヴァシルが城を出たら、討つ」

「……はい」

銀の鎧《よろい》の美しい人は、運ばれていくエクィルの軀《むくろ》に目をやりもしていない。

美しい青い瞳は、春陽《しゅんよう》の間で話した時と変わらず輝いていた。

「北部は貴女に任せるわ。冴えないけど、北部総督府、という名に決めたから。王家直属の組織よ。治安維持と土地の復興が当面の課題。総督府はパルジャ城に置きましょう。貴女、今日から総督ね」

「え……そ、総督でございますか？」

話が突然すぎる。動揺に動揺が重なり、リディエは目を白黒させていた。

必死に咀嚼《そしゃく》すれば、恐らく、ヴァシルの暴走を受けての決定なのだろう、とは思う。

スキュイラは、鞍《くら》につけていたらしい金の円筒を、二つリディエに手渡した。「サインしたら、宮殿に送って」と言って。

「ノーツェ領は解体するわ。ノーツェ領の荘は、すべて王家に奉還させて、総督府の管理下に置く。極北は任せるから、年内に奉還させて。極北以外の荘は、こちらで交渉を進めておく。いったん白地図に戻してから、再編成しましょう。最初は王領の荘にして、監督官を置くわ。いずれ領として独立させてちょうだい。人事はすべて任せるから。わかっているとと思うけど、北部復興は北部人の手によって行われるべきよ。――急ぐの」

年明けに、立太子の儀が行われるという噂は耳に入っていた。

スキュイラは、この北部の動乱を収めて手腕を示し、地位を固めるつもりのようだ。

「……わかりました。急ぎます」

「残虐公は、背法者よ。ソーン四世は、十年前に誤《あやま》ったの」

「え――」

あまりにも明確な批判であったため、リディエはひどく驚いた。

幸い、リディエの周りに人はいない。皆、事後処理に動いている。とはいえ、やはり肝《きも》が冷えた。

「十年前、私は八歳。弟は二歳で、身体が弱かった。父上の体調は優れず、母上はもう子供は望めないといわれていた。……力を増すウロス公を、父上は恐れたのよ。我が子に託す未来に、争乱の種を残したくなかったんでしょう。我が子を守るために、父上はウロス公を野放しにした。極北の流血は、私の踏む柔らかな絨毯と引き換えだったの。この過《あやま》ちを正すのが、娘である私の務め。父上がご存命のうちに道を示したい。だから、急ぐの」

スキュイラの北部介入の動機が、本人の口から発せられた。

極北を見殺しにした国王の娘が、なにゆえに北部復興を志《こころざ》すのか。不可解に思ったこともあったが、彼女にも人生をかける理由があったようだ。

無駄な話を好む人ではない。示唆したいことが、きっとあるのだろう。

望む答えかどうかはわからないが、リディエは、

「父と同じ轍《てつ》は踏みません。災いの芽は、伸びる前に摘みましょう」

と青い瞳を見つめて言った。

　十年前にはじまった残虐公の侵攻は、一夜で終わったわけではない。手口はいつも同じ。罠にはめ、逆賊の汚名を着せ、滅ぼす。八領が一つ一つ滅ぼされていく様を、父は、手を拱《こまね》いて見ていた。

　父には、父の考えがあったのだろう。己の正義を信じてもいたはずだ。

だが、その後に待っていたのは、殺戮《さつりく》と荒廃だった。父を尊敬してはいるが、その過ちを繰り返すつもりはない。

　スキュイラは、リディエの返答が気に入ったようだ。小さく笑んでいた。

「それで、銀狼の男は？　現れたの？」

「いえ、まだ。……ですが、見当はついています」

「さっさと片づけなさいな。そんな悪魔みたいな男」

　スキュイラは、その会話が終わると、すぐに帰っていった。

来るのも早いが、帰るのも早い。休憩を勧めたが「今度、お茶でも」と返事とは関係ないことを言っていた。

　ひらりと翻ったマントの青が、鮮やかであった。


　――長い一日である。リディエは、その日一人で林檎園の氷室《ひむろ》の前にいた。

夕暮れ時である。林檎園では、もう収穫がはじまっており、遠くで人の声がしている。

(――来た)

木々の間に、葦毛馬が見えた。ソロスだ。

「ソロス様！　お待ちしておりました！」

リディエは、大きく手を振る。

この場にソロスを呼び出したのは、リディエだ。

ソロスは、ヴァシルとは袂《たもと》を分かち、三日月湖畔に残って事後処理を手伝っていた。いち早く南ガラエル荘の奉還を申し出、誓約書にサインまでしている。北部総督府に仕えるとも宣言しており、反逆者になるつもりはないようだ。

――夕にお一人で、婚姻の誓約書を持って林檎園においでください。

そのソロスに近づき、リディエは耳元に囁いたのだった。

囁きを、楽観的な方向に解釈したらしい。約束通り、供もつけず一人で近づいてくるソロスの表情は明るい。

「お待たせして申し訳ない。我らの婚姻の誓約書を、たしかに持って参りました」

ソロスは、胸を叩いた。そこに、湖畔でヴァシルから受け取った婚姻の誓約書が入っているのだろう。リディエはすでにサインをしている。ソロスがサインをしてキルシュテ城の小神殿に提出してしまえば、ソロスとリディエの婚姻が成立してしまう。

「ごめんなさい、ご足労いただいて。周囲を説得するのに時間が要りそうなのです。さ、中へ。見つかっては騒ぎになります」

　リディエは、氷室の中にソロスを導いた。

　手燭を木箱の上に置いた途端、ソロスはリディエを優しく抱きしめてきた。

「貴女を生涯守るとお約束します。――美しい人。ヴァシル様は遠からず身を滅ぼすでしょう。今まで出会った誰とも、貴女は違う。その夜空の星をたたえた瞳を、心から美しいと思う。――私の、妻になってください。リディエ・カイエン」

　なんとも空しい口説き文句だ。

　今まで出会った誰とも、貴女は違う。――愛人たちに出会う度、そんな言葉を贈ってきたのだろうか。やはりリディエは、軽薄な金髪の貴族が嫌いだ。

「私、ソロス様はヴァシル様に従われるのかと思っておりました。荘の奉還を決めてくださって、どれほど安堵したことか」

「あちらはそう思っていたでしょう。だが、もう顎で使われるのはご免です。王家への婿入りで解放されたものと思ったのに、舞い戻ってきた時は驚きましたが……今度こそ終わりです。あの男は反逆者として吊るされるでしょう。反逆罪ほどの背法《じ》はありません。地獄《ごく》行きは間違いないでしょう」

　ふふ、とソロスは笑っていた。声音《こわね》は明るく、陰がない。

「けれど、ヴァシル様が王領からキルシュテ城にお戻りになる時、ソロス様が手をお貸しになったのでしょう？」

「脅されたんです。いつもそうですよ、あの男は」

そろそろ、この体勢も限界だ。

耐え切れず、リディエは身じろぎしてソロスの胸から顔を離した。

恥じらっているると思ったのだろう。腕が追ってくる——のを手でやんわりと払う。

「王都の南、ソトゥ地区の西、隼《はやぶさ》通り二番の官舎の二階——」

「……そ、それは……」

リディエの目の前にある、端正な顔が、見る見るうちに強張《こわば》る。

「ソロス・ダミアン。——貴方ね。私の家族を攫ったのは」

その言葉を合図に、辺りに積まれた箱の陰から、人が飛び出した。

出てきたのは、イアソンと、マノスとミキスだ。手早くソロスを縛り上げ、箱の上に上半身を押さえつけた。

「な、なにを……！　リディエ様！　これは、どういうことです⁉」

「領邸の官舎に、銀狼の毛が落ちていたわ」

「…………」

ソロスは、黙った。

なんと雄弁な沈黙だろう。やはり、銀狼の男はソロスだったのだ。

家族を攫った手が、この身体に触れていた。おぞましさに、リディエの顔は歪《ゆが》む。

「この銀狼のストールを、ヴァシル様が身に着けているのを見たわ。前ダミアン卿の処刑の現場で」

「そ、それは……ストールを新調するまで、お前のを貸せと言われて……北部の男が、毛皮もなしではみっともない、と。……お許しを！　本当に……知らなかったのです！　ヴァシル様に命じられ、そのまま実行しました！　彼らが誰で、なんのために攫うのか……なにも知らされていませんでした！」

イアソンは、捻《ひね》り上げる腕の力を強めたようだ。「痛い！」とソロスが抗議する。

「彼らは、旧ガラエル領のカイエン公夫人と、その公子と公女。私の、大切な家族よ」

「逃走のためだけの人質で、すぐ解放すると……王国軍の将軍の家族だと聞いていたのです。だが、ヴァシル様はそのまま、人質をキルシュテ城まで連れていきました」

薄々、リディエも気づいている。

家族が生きているならば、湖畔での会話でヴァシルも言及していたはずだ。家族の命が惜しければ、エクィルを引き渡せ――とでも。

「結論だけ言って。私の家族は、死んで――いえ、ヴァシル・ウロスに殺されたのね？」

「――はい」

リディエは、氷室の天井を見上げ、しばし瞑目《めいもく》した。

涙は出ない。悲しさよりも、怒りが先に立つ。

「私の家族とは、話をした?」

「はい。聞いた話とあまりに違いましたから、キルシュテ城に戻ったのちに調べたのです。ご家族は牢におられました。もう、その時には母君と妹君は亡くなっていて、話ができたのは兄君だけです。……妹を頼む、と言われました。私がダミアンと名乗ったので、従兄《いとこ》のナジムと間違ったのでしょう。ご家族の遺髪も、その時にお預かりしています。……貴女と廟へ参拝して、お納めするつもりでいました」

マノスがソロスの衣類の懐を探り、誓約書の入った革の円筒を一つと、絹の袋とを箱の上に並べた。

「どうして……私の家族は、殺されたの?」

「それは……」

ここまで明らかになった事柄が並べば、さすがに気づかざるを得ない。

「いえ、わかっているわ。ヴァシルは、黒鷹の押収品を探していたのね」

リディエの家族は、押収品を目当てに攫われた。ソロスははっきりと口にしなかったが、拷問《ごうもん》が行われたのだろう。三人の命が失われるほどの。

リディエは、その様を想像するのをやめた。心が砕けてしまいそうになる。

「その通りです。三年前、パルジャ城で亡くなった、カイエン公の第一公子――リディエ様のもう一人の兄君が、ヴァシル様と交渉しようとなさったそうです。押収品を渡すから、父を助けてくれ、と」

芽は、たしかにあった。

ラーベル宮殿で、ヴァシルは何度か、リディエに故郷の話をするようせがんでいた。

その度に誤魔化した。知らない。そんなものはない。あるわけがない、と。

だから――リディエを突き落とした。押収品は得られないと判断したから。

だから――押収品の在処《ありか》を知っているであろう兄を攫った。そして、家族共々、死に至るまで拷問した。

「下の兄は……押収品の在処なんて知らないわ」

「はい。兄君は亡くなる直前に、黒鷹の遺志を継ぐ者として、リディエ様の名を口にされました。ヴァシル様が、リディエ様が亡くなったことを告げたからです」

リディエの家族が、拷問に耐えた理由など、一つしかない。

――娘を、妹を、姉を、守るためだ。

彼らは、拷問に屈することなくリディエを守った。

なぜか？　答えは決まっている。

復讐《ふくしゅう》を果たせる者が、リディエしかいないからだ。

そのリディエの死を告げられ、最後に残った兄は絶望しただろう。だから、リディエの名をあえて出し、一矢報いようとしたに違いない。

「そう。……そうだったの」

ヴァシルは後悔しただろう。しまった。あの女を生かしておけばよかった――と。

夢は潰《つい》えたかと思われたが、奇跡的にリディエは生きていた。その上、偶然にも北部にやってきた。さすがに王領の荘主を攫って拷問するわけにはいかない。次の作戦だ。

ヴァシルの思考が、手に取るように見える。

それは、リディエだけではなかったらしい。チッとイアソンの舌打ちが聞こえ、突然、ソロスが床に倒れた。イアソンが足払いをしたのだと、少し遅れて理解する。

イアソンはソロスの上に馬乗りになり、その喉《のど》に剣を擬《ぎ》した。

「押収品を狙ってリディエ様を口説く気だったのか？　庶子をぞろぞろと引き連れて！」

「連れてくるしかないだろう！　愛人たちに手切れ金が払えなかったんだ！　今は、キルシュテ城の貴族たちも、困窮《こんきゅう》している。戦の度に戦費負担を強《し》いられて、家具を売って凌《しの》ぐ者もいるんだ。だから……子供を養うためにも押収品が必要だった！　だから――」

「そう都合よく運ぶものか！　恥を知らん男だ！」

「頭の軽い、金髪好きな小娘だと聞いていた。薔薇を持って口説けばいいと。もっと……簡単だと思ってたんだ。押収品があれば、一生遊んで暮らせると……」

ヴァシルが、その評をしたのだろうか。

見捨てないでくれ、とすがった男が。リディエの頭が軽い、と。金髪好みの愚かな女だ、と。薔薇の花一つで心を明け渡す、と。

なにか、すがるものがほしい。リディエは、目眩を感じて木箱に手をついた。

「生憎《あいにく》だったな。リディエ様は、最初からアンタを警戒していた」

「――お許しを」

ソロスは首を曲げ、リディエに向かって言った。

その緑がかった灰色の目には、涙が浮かんでいる。

「謝って済む話か！　アンタらは、卑《いや》しい盗賊だ！」

イアソンの、ソロスの喉に擬した剣を握る手が、怒りに震えている。

（殺してやりたい）

家族が受けた責め苦を、この男にも味わわせてやりたい。

腿《もも》に隠した短剣に、手が伸びていた。

だが、その手は途中で止まる。

（違う。憎むべきはこの男ではない。ヴァシルよ）

リディエが「イアソン、殺さないで」と声をかけると、イアソンの剣は鞘《さや》に収まった。

「わかってる。謝って済む話なものか。だが……あの兄君の姿が忘れられない。あの日、言われるままに攫った人たちが、無惨《むざん》に殺されていったんだ。私のせいで。一生罪は消えない。――私は、本当にリディエ様をお守りしなくてはならないと思っていた」

イアソンは、縛られたままのソロスの身体を起こした。

ソロスは跪いた格好で「お許しを」とリディエに繰り返す。

マノスが革の円筒を開け「一枚しかないぞ!」と言った途端、イアソンがソロスの胸倉を、ぐいとつかむ。

「もう一枚の誓約書はどこにある⁉」

「ヴァシル様が……お持ちになっている。すでに、私がサインをしたものだ」

チッとイアソンが舌打ちする。

なにからなにまで、ヴァシルの思い通りに進んでいる。

ソロスとリディエを結婚させ、黒鷹の押収品を奪うつもりでいるのだろう。

(ヴァシルのこれまでの無謀さは、押収品に支えられていたのかもしれない。王領を脱出しても、なんとかなると思わせたのは――)

ヴァシルの声が、脳裏に蘇る。

――貴女のお陰で、自由になれた。

リディエの助言が、ヴァシルの自我を目覚めさせた。

黒鷹の押収品が、ヴァシルの野望を刺激した。

(私が、あの悪魔を生みだしたの……?)

リディエ自身も死にかけ、家族は拷問の末に殺され、極北の仲間も殺された。まさしく悪魔だ。

黒い翼で災厄を振りまく、悪魔そのものだ。

「……一刻も早く、あの男の息の根を止めなくては」

リディエは、箱の上に置かれた婚姻の誓約書を、火にかざして燃やした。

「反対する理由はありません。リディエ様がなさらないなら、オレが今すぐにキルシュテ城に向かいます」

イアソンが言うのに、リディエは「ダメよ」と返した。

「それでは仕留め損なうわ。——だいたい、貴方は私を決して裏切らないはずでしょう？　約束が違うじゃない」

仕留め損なう、と言われたのが心外だったのか、イアソンは短く「御意」と答えた。

だが、イアソンもわかっているはずだ。キルシュテ城がいかに強固な城か。残虐公への恨みから暗殺を企《たくら》み、果たせず死んだ者がどれだけいたか。ヴァシルが成功したのは、彼がキルシュテ城の住人で、手引きする者があったからだ。

「リディエ様に従います。——それで、この男はどうします？」

この男、と呼ばれて、ソロスは「ひっ」と悲鳴を上げる。

家族の仇は、ヴァシルであってソロスではない。

刃《やいば》を向けるべきは、ヴァシルだ。

「彼は敵ではないわ。――そうでしょう？　ソロス」

まだ腕を縛られたままのソロスは、大きくうなずいてみせた。

「もちろんです。私は、ルナヴィア王家に忠誠を誓っております。必ずやお役に立ってみせましょう。極北の城を巡り、奉還の誓約書にサインを書かせます。――もう、北部は十分に血を流しました。北部総督のもとで、働かせてください。……そうだ。婚姻の誓約書に対する瑕疵《かし》申請を行いましょう。そうすれば、婚姻も無効になります」

リディエは「縄を解いて差し上げて」とイアソンに頼んだ。

ヴァシルが、キルシュテ城の小神殿に婚姻の誓約書を出すのが先か。

あるいは、リディエとソロスが、王都の大神殿に瑕疵申請をするのが先か。

間にあわなければ、リディエとソロスは、夫婦として神殿に認められてしまう。

「まぁ、いいわ。もし間にあわなかったら、私の有責で結婚を無効にしましょう」

「リディエ様、それは――」

イアソンが咎《とが》める口調になったが、リディエは一笑に付した。

「いいのよ。一生結婚なんかしなくても。後継者が血縁である必要だってないもの。いっそせいせいするわ。――さ、そんなことよりも作戦に入りましょう。――マノス、ミキス。手伝ってもらえる？」

ソロスをイアソンに任せ、リディエは、兄弟に氷室の奥にある箱を動かすよう頼んだ。

箱の向こうに、小さな扉がある。

リディエは、複雑に組みあわされた閂《かんぬき》を、丁寧に少しずつ動かし、最後の一本を抜いた。

ぎぃ、と重い音を立て、扉が開く。

「リディエ様。まさか——本当に、あるのですか？」

マノスの問いに、リディエは「ええ、あるわ」と答え、蠟燭《ろうそく》を持って中に入った。

壁を穿った燭台に火を入れれば、壁の三面に積まれた壺《つぼ》や箱が闇から浮かび上がった。

遅れて中に入ったイアソンとソロスも、揃って驚いていた。

「これが、黒鷹の押収品よ。——黒鷹の遺産を受け継いだのは、私なの」

カイエン家が、密売人たちから押収してきた、多くの品々。

塩、酒、金貨。大陸の美術品。

父は、リディエにその管理を託した。

リディエが遺産を正しく使うと信じたからだ。

ガラエルのために。カイエン家のために。北部のために。

箱を一つ開ける。箱の中には、金貨の入った壺が二つ入っている。一枚を手に取り、蠟燭の灯りで照らす。

イアソンが、金貨を手に持つリディエに、

「その金貨で、ヴァシルの息の根が止められますか」

と問うのに、うなずいて答える。

「人を攫って、拷問して奪おうとしたんだから、ヴァシルは金に困ってる。あるいは金に飢《う》えているはずよ。そこを衝《つ》く。――まず、スキュイラ様に、ノーツェ領との塩の取引を一カ月止めていただくわ。塩に頼るキルシュテ城には、大きな痛手になる」

リディエの示した棚を確認したマノスが「この棚の壺は、全部塩だ！」と驚いている。

「この氷室の保存量は、王都で使われる塩の一カ月分と決めていたの。それを使う。それから、この金貨でキルシュテ城に届くはずの食料を買い占めるわ。揺さぶりをかけるの。ヴァシルがキルシュテ城を出さえすれば、それで終わる」

ヴァシルは気づくだろうか。――気づけばいい。

歯嚙みして、悔しがればいい。

カイエン家から奪おうとしたもので、首を絞められる感覚を味わえばいい。

「黒鷹の遺産を使って仕留めるわ。――あの悪魔を」

奇襲に次ぐ奇襲で、父はこの武器を使うことなく残虐公に敗れた。

二度と、悲劇を繰り返させはしない。

これは、遺産の正しい使い道だ。

リディエは金貨を握りしめ、もう一度「あの悪魔を、必ず仕留めるわ」と呟いた。

第四幕　黒い翼の悪魔

夢を見る。

ラーベル宮殿の庭園だ。初夏なのだろう。庭の薔薇《ばら》が美しく咲き乱れていた。

ふいに、鮮やかな青が目の端に映る。ラーベルの青き薔薇。スキュイラだ。

横にいるのは、キルシュテの金狼《きんろう》。スキュイラの夫のヴァシルだ。

二人はにこやかに会話を楽しみながら、庭園をゆっくりと歩いていく。

――スキュイラ様が、ご懐妊《かいにん》だそうよ、とキーラが笑顔で言う。

――まぁ、それはおめでたいわね、とリディエも笑顔で言う。

そうして、気づく。キーラの顔の輪郭《りんかく》が、ひどく曖昧《あいまい》なことに。

静かの森で、キーラは班に属さず、領邸《りょうてい》と各班の連絡を任されていた。全員殺された、とスキュイラが言っていたのに、彼女が含まれていない可能性もあるのではないか――と考えた辺りで、もう夢は途切れている。

答えを、目覚めたリディエは知っていたからだ。

静かの森での狩りの日以降、王領内で彼女の姿を見た者はいない。

（どうして――）

その問いに、答えが出たためしはない。

ベッドの上で身体《からだ》を起こし、リディエは頭を抱える。

吐くため息は、ひどく重いものになった。

――湖畔《こはん》でのヴァシル反逆から、一カ月が経《た》った。

神殿はスキュイラの離婚を、ヴァシルの有責として認めた。

リディエは、国王と二度目の誓約を交わし、大神殿の受理をもって北部総督となっている。総督府はさっそく活発に動き、王都との人の行き来も増えていた。

議会では、総督府設置に反対の声も多かったようだが、街道保安隊のエクィル捕縛の実績が、その声を小さくさせたそうだ。

総督府の役目は、ノーツェ領解体の動揺を最小限に抑え、速やかに治安を回復させることである。そして荒廃した北部の復興を目指す。

北部総督府とイラ荘の主城となったパルジャ城の城塔から、北部総督とイラ荘の荘主を兼ねるリディエは、西の空を見ている。

城塔の最上階の執務室は、城塔の形そのままの円形で、窓が八方にある。丘の上の城塔は、周囲の森を広く見渡せた。

どんよりと暗い、西の空の雲は動かない。ヴァシルにも動きはないままだ。

(どうして黙っているのかしら。痛みは感じているはずなのに……)

コンコン、と扉が鳴った。広い執務室は、林檎《りんご》邸と違ってノックの音も遠い。

入ってきたのは、ウラドだ。視界に飛び込む赤い髪の鮮やかさにも、最近は慣れた。

王都から戻ったウラドは「要《い》らぬ夫より、有能な腹心になると誓います」と宣言し、言葉通りに有能な副官としてよく働いてくれている。憑《つ》き物が落ちたかのようだ。

「ご機嫌いかがですか、我が君。あぁ、今日もいちだんとお美しい！」

「ありがとう。貴方《あなた》も輝いてるわ。――さ、報告をお願い」

リディエには従順な妻になる才能はないが、ウラドも寛容な夫になる才を欠いていたのかもしれない。結婚、という壁を取り払った途端、関係はすっかり良好になった。

「麗《うるわ》しき姫君からのお言葉、胸に刻みます。――本日の報告です。志願兵が、五十人ほど増えました。軍に回せる者は回し、あとは保安隊の予備兵に回します。兵舎が手狭になって参りましたので、近隣の廃砦《はいさい》が使えるよう、手を入れることにいたしました。そちらで訓練を行わせます」

「わかったわ。そうして。……ずいぶん増えたわね」

窓から城内を見下ろせば、黒髪の人たちがひしめきあっている。

半分は兵士で、残る半分の実態は、流民だ。

憎きウロス家の終焉《しゅうえん》に参加したい。仇《あだ》討ちをしたい。失った領地を取り戻したい。極北各地から男たちが、続々とパルジャ城に集まってきた。イアソンは、イラ荘の荘軍を再編成して、日々訓練を繰り返している。

ただ――ここで、リディエは理想と現実の落差に悩んでいた。

挫折《ざせつ》と言っていい。これはスキュイラにとっても挫折であろう。

旧家の出身を名乗る者も、政治の経験もない者がほとんどだ。旧家の出身だからといって、すぐに戦力になるわけではない。

事務作業のできる文官候補もわずか。兵士として訓練に耐えうる者もわずか。

イアソンは、キツォス領の出身。リディエや保安隊の隊長のモガーラは、ガラエル領。マノスとミキスはオライエ領。他の隊員も、ほとんどがこの三領の出身だ。共通しているのは滅ぼされた時期が、数年以内という点だ。王都の貧民窟《くつ》からの移住も、条件は同じだった。分岐点は、五年程度の期間にあるように思う。

それ以前に失われた領の出身者は、もう当時の教育、能力といったものを失っている。

北部の自治を尊重する、というスキュイラの意思は美しい。リディエも、北部が失ったものを取り戻したいと願い続けてきた。だが、これは想像していた以上に険しい道だ。

「それと、ファティス家の元領主の従弟《いとこ》のご子息が、縁談の打診を」

頭痛を感じて、リディエはため息をついた。

もう、聞き飽きた話だ。このところ、ほとんど毎日ではないだろうか。

「断って。角が立たないように」

「かしこまりました」

ウラドは、断って、とリディエが言う度嬉《うれ》しそうな顔をする。

「……嬉しそうね」

「それはもう。嬉しゅうございますよ、我が君」

「私は、全然嬉しくないわ」

「そういう意味では、私も嬉しくはありませんな。我が麗しの君を、ただ生活の質を上げる道具だと思っている男からの求婚など、不愉快極まりない」

不愉快極まりない、とまでは言わないが、頭の痛い話である。

パルジャ城には、自身の故郷を失ったのち、炭鉱や、漁村にいた旧領主の親類たちも集まっている。彼らの中には、着いたその日に結婚を申し込む者もいた。

その態度は、判を押したように似通っている。

わざわざ来てやったぞ。さぁ、オレをもてなせ——と声が聞こえてくるかのようだ。

彼らは、リディエが不遇のすべてを解消すべきだと認識しているらしい。地位、衣食住、恐らくはベッドを共にする女、という要素も含めて。

──リディエにも、理解はできる。

領を失ってから、ずっと思っていた。逃亡生活の最中も。ラーベル宮殿でも。ここは自分の居場所ではない。もっと自分に相応《ふさわ》しい場所があるはずだ、と。誰かが、この飢《う》えを満たすべきだとさえ思っていた。

だから、痛いほどわかる。わかるが、受け入れるのは難しい。

「……持っているものを一度奪われると、人間は貪欲《どんよく》になるものなのかしら」

ぽつり、とリディエがもらす。

するとウラドは、明るい表情を曇《くも》らせた。

「我が君は、ヴァシル様を理解しようとし過ぎでございますよ。理解はできませんし、理解したところで、得られるものに木の葉一枚ほどの価値もございません」

「ヴァシル様のことを言ったわけじゃないわ」

「よしんばそうでなかったとしても、最後はそこに行きつきます。物思いとはそういうものでございますよ」

神殿の神父のようなことを、ウラドは言った。

言い返すのも無意味のように思えて、リディエは「どっちにしろ、やめておくわ」と伝えておいた。不毛な会話だ。

「マノスとミキスから、連絡はあった？」

「計画は順調に進んでいるようです。今日明日にも、また買い占めた食料が届くでしょう」

パルジャ城の食糧の備蓄は、冬を越せる量ではなかった。もともと多くもなかったものを、前ダミアン卿《きょう》の処刑直後、ヴァシルが奪っていったそうだ。先のエクィル引き渡しの際も、五百の兵の食事を提供せねばならず、状況はさらに悪化したという。

ソロスは、総督府の特使として、極北の荘を巡っている。

残虐公《ざんぎゃくこう》によって城を与えられた極北の荘主は、キルシュテ城から派遣された金髪の貴族である。荒れた土地と、凍《い》てつく冬。そこに食料不足と、戦《いくさ》の度に戦費の徴用を求められ、彼らは疲弊《ひへい》していた。

荘主たちは、抵抗もなく城を奉還し、北部総督府に従った。

奉還された城にはラーベル宮殿から監督官が派遣され、新荘主が来るまでの調整に当たっている。

多くの監督官がパルジャ城に挨拶《あいさつ》に来ており、蜂《はち》の会の面々にも数人会った。その中には、薔薇農園でヴァシルを侮辱《ぶじょく》したケイル・アテネスの姿もあった。彼はリディエへの暴言を謝罪し、今は己を恥じていると真摯《しんし》に言った。

こちらも、蜂の会への偏見は十分にあった。握手を交わして和解している。

青年たちは、スキュイラの理想の実現に向け、生き生きと目を輝かせて極北各地に向かっていった。

そうして総督府の管理下に置かれた荘が増えれば増えただけ、パルジャ城には人が集まってくる。

「押収品で一生遊んで暮らせるなんて大袈裟《おおげさ》よね。この調子じゃ、今年の冬を越すだけで金貨が半分消えてしまうわ」

王都から物資は届くが、十分な量ではない。

そもそも届く物資自体、スキュイラが私財を投じて調達したものだ。

こちらも不足分は、キルシュテ城から奪った食料で補っている。

このパルジャ城を拠点とした北部総督府は、スキュイラとリディエの私財によって運営されるという、史上類を見ない不可思議な組織であった。

「議会で予算も決まったそうです。もう少し楽観はできましょう」

「そうね。……でも、道は遠いわ。魔法みたいに全部が元通りになるわけじゃないもの」

「ゆっくりと参りましょう。長い道です。我々がこの獣《けもの》道を拓《ひら》けば、子の代にはレンガが敷けるようになるのですから」

リディエは、少し眉を寄せて「そうね」と相づちを打った。

「とにかく、人手不足が深刻よ。旧家出身の人たちに任せるつもりでいたけど、今のところ無理だわ。もっと王都から人を派遣してもらわないと。……そういえば、貴方たち監督官の任期は何年？」

「いえ。私は北部に骨を埋めるつもりでおりました」

「知らなかった。そうだったの？　じゃあ、他の蜂の会の仲間も？」

リディエは、目をぱちぱちとさせて、赤い髪の美男子を見る。

ウラドに限らず、蜂の会の面々は、いずれ帰るものだとばかり思っていた。

「半々でございますね。貴族の子息といっても、三男、四男となると豊かな暮らしが約束されてもおりません。美しき青薔薇の目指す北部復興に共感した仲間ではございますが、蜂もいろいろでございます。――私は見ての通り、大陸から渡ってきた一族ですが、祖母は北部出身でした。ですから、望んでこの地に根を下ろすべく参りました。いつまでもお傍《そば》におりますよ。ご安心を。――お嫌かもしれませんが」

「とんでもない！　貴方みたいな人が抜けたら、半日で書類の山ができてしまうもの。代わりなんて死ぬまで見つからないわ。本当に助かる。ありがとう」

リディエが歓迎すれば、ウラドは愉快そうに笑う。

「そんなことを言っては、口うるさいイアソンが怒りましょう」

「そうね。あの人、顔をあわせると小言ばっかり。――貴方もいい勝負だけど」

「彼ほどではないでしょう。心外です」

コンコンコン、と気忙《きぜわ》しいノックに続いて、入ってきたのは、その当のイアソンだ。

今にも小言が飛び出しそうな顔をしている。笑いをこらえるのに苦労が要った。

「失礼。――報告が」

「あぁ、では私は外しましょう」

ウラドが、書類を机に置いて、執務室を出ていこうとする。

イアソンが、それを手で遮《さえぎ》って止めた。

「別に一緒に聞けばいいだろう。アンタに聞かれて困る話じゃない」

「あとでリディエ様から、二人きりの時にお聞きする」

「時間の無駄だ」

扉のところで、ウラドとイアソンが言いあいをはじめた。

リディエが「仲がいいのね」と言えば、揃《そろ》って「よくはありません」と返ってきた。

結局、別件で人に呼ばれたウラドは、執務室を出ていった。

「仲、悪いのかと思ってたわ」

「よくはないですよ。ただ、貴女《あなた》をベッドの質を上げるための道具だと思っている連中よりマシだというだけです」

イアソンも、ウラドと同じようなことを言った。息があっている、と思ったが口にはせず、苦笑するに留めた。

「報告を聞かせて。なにかあった?」

ワインを注いでグラスを渡すと、イアソンは礼を言って受け取った。

「キルシュテ城の人間が、城内に入り込んでいます。赤子のことを探っている。城内だけでなく、近隣の農村でも聞き回る兵士がいたと報告がありました。金髪の兵士です」

「そう。……そりゃ、そうよね。エクィル公子も余計なことを言ってくれたものだわ」

エクィルは、足手まといになった愛人を縊《くび》り殺した。

いざ逃走という時に、愛人が産気づいたらしい。だが、エクィルは仮病を使って自分を拒んだものと思い込み、絞め殺してしまったそうだ。

それでも、生まれたばかりの赤子には自《みずか》ら名をつけ、嫡出《ちゃくしゅつ》相当の権利を与え、リディエに後見まで任せた。すでに彼がサインした誓約書は、大神殿で認められてもいる。

赤子の名は、アラン・ウロス。赤子の祖父たる残虐公の名と同じである。この極北で、カイエン公の娘に預ける子にそのような名前をつける辺り、エクィルという男の感覚の鈍さがうかがえる。

とはいえ、彼は赤子を案じる心は持っていたはずだ。子の安全を願うならば、あの場でヴァシルに子の存在を知らせるべきではなかったように思う。

妻の安全より、我が身。子の安全よりも、鬱憤《うっぷん》。エクィルにとって、大事なのはただ自分自身だったのかもしれない。その最期《さいご》も、実に彼らしかった。

「まだキルシュテ城は、アラン様の存在には気づいていないようです。……聞いた話ですが、ソロス様ご自身のお子は、半分程度だとか。縁のあった女性の子供は、疑わずに引き取ったそうです」

以前、パルジャ城を訪ねた時、ソロスは届けられた赤子の素性《すじょう》を確認しなかった。神殿への届け出の要らぬ庶子《しょし》とはいえ、ずいぶん寛容な人だと驚いたものだ。

手紙にあった女の名前には、心当たりがあったのだろう。本当に自分の子かどうかよりも、母親の事情を優先している。アランの時も、その時に聞いた名を使った。同じ女性が、数カ月の間に二人を出産することは不可能に決まっているが、どちらも育てると決めたソロスは、稀有《けう》な人であると思う。

「ソロスの人柄に、いろんな意味で助けられたわね」

「……銀狼《ぎんろう》の男を、恨んではいないのですか」

憎悪の炎が残した灰は、たしかにまだ熱を持っている。

だが、もう燃え上がることはないだろう。

なにも知らず家族を攫《さら》った男と、黒鷹《くろたか》の遺産目当てに攫わせ、拷問《ごうもん》し、殺した男を同列には並べられない。

「ええ。家族の遺髪を廟《びょう》まで届けてくれた人だもの。恨み切れないわ。今はよく働いてくれているし、得難い隣人だと思ってる。……夫にはしたくないけれど」

「瑕疵《かし》申請が通ることを祈りましょう。たしかに、彼でなければ――」

その時、窓の外で、わっと歓声が上がった。「なにかしら？」とリディエが首を傾《かし》げると、イアソンが窓から確認して「下へ行きましょう。見た方が早い」と手を差し出す。螺旋《らせん》階段を「なに、教えて」「ご自分で見てください」と無駄なやり取りをしながら下りていく。

中庭に下りると、先ほどより人が増えている。

視線の先をたどり、リディエは「あ」と声を上げていた。

青い旗が、城塔に翻《ひるがえ》っている。

鮮やかな青は、ラーベルの青き薔薇という美称を思い出させた。きっと、誰しもの心に。

こんな派手なことをするのは、彼の麗人《かじん》だけだろう。

「いかがでしょう！　リディエ様！」

塩の道沿いの買い占め部隊を率いていたマノスが、戻ってきていたようだ。

「すごい……どうしたの、この旗！　スキュイラ様が、ここにいるみたいだわ！」

「王都からの荷に入っておりました。たくさんありますから、奉還された城にお配りになってはいかがでしょう。一目で王領になったとわかります」

青い空と、霧色の城塔。そして、鮮やかな青。

たしかに、一目でわかる。この場所が、どのような意思で動いているかが。

「名案だわ！　マノス！　そうしましょう！」

「コタルディも届いておりますよ。スキュイラ殿下から、リディエ様宛《あて》に」

示された箱を「開けましょう」と気をきかせたらしいイアソンが開ける。

羊皮紙が一枚。『我が妹へ』とある。入っていたのは、スキュイラを思わせる青いコタルディだ。鮮やかな青。空の蒼《あお》。深い藍《あい》。どれも美しく——派手だ。

（こんなの、スキュイラ様でもなくちゃ着こなせないわ！）

その知性と判断力は尊敬に値《あたい》するが、どうにも趣味があわない。リディエは、見なかったことにして、箱を閉じる。

横にいるイアソンが、旗を見上げたまま「美しいですね」と言った。

スキュイラ贔屓《びいき》の彼らしい感想である。イラ荘の名といい、この青といい、スキュイラの主張の激しさには戸惑う部分が多い。だが、そのわかりやすさの功は、多少の戸惑いを吹き飛ばすだけ大きい。「そうね」と応《こた》えざるを得ない。

「黒鷹の旗でないのは残念ですが」

このパルジャ城を飾る旗は、黒鷹の旗であるべきだ——とたしかにリディエは思い続けてきた。だが、今はそうは思わない。

「私、最近思うの。失ったものを取り戻すことはできない。ここに来て、よくわかったわ。この城も、私がかつて住んでいた城でしかなかったのよ。つい最近まで、たしかに私のものではなかった。だって、言い出したらキリがないもの。山賊《さんぞく》の子孫が氷室《ひむろ》を返せと言ってきても、聞く耳を持ってあげられないわ。——今は、この青い旗のもとで、新たな秩序を打ち立てるのが私の役目。美しい青。とても、いい旗だわ」

青い旗の美しさに、リディエは目を細める。

いつの間にやら、ウラドが横にいて「たしかに！　我が君のおっしゃる通りでございます」と声をかけてきた。どうぞ、と手を差し出してきたので、イアソンの手から乗り換える形になった。イアソンの手を受け入れて、ウラドの手を拒む理由がない。

「この青き旗の下、麗しき二人の女神の導きで、北部の新たな歴史がはじまるわけですな。これは後世の画家が、こぞって描きたがるでしょう」

大袈裟よ、と言おうとしたが、言葉が止まった。

スキュイラの存在が奇跡ならば、今ここに自分がいることも奇跡だ。

「そうね。私の横には、忠実な騎士と有能な副官が描かれると思うわ」

リディエが言えば、イアソンとウラドは顔を見あわせて笑み、また青い旗を見上げる。

過渡期の今、抱える問題も、越えるべき障壁も多い。それでも、きっとその向こうにはこの旗のように美しい空が広がっているだろう。

リディエの輝く黒い瞳の中で、青い旗は力強く風になびいていた。

ヴァシルの反逆から、二カ月が経とうとしている。

王領が、ノーツェ領との塩取引を停止してから一カ月半。林檎園に眠っていた押収品の塩は底をついたが、取引停止は続いている。スキュイラがこの作戦の続行を決定したからだ。国内の塩の備蓄を減らし、南部からの輸入も進めているという。

——だが、ヴァシルに動きはない。

食料の買い占めも重なり、キルシュテ城は間違いなく混乱している。諜報官《ちょうほう》の話では、たしかにこちらの攻撃は、目で見てわかるほどに効いているはずなのだが。

それでも、ヴァシルは動かない。ただ沈黙を貫いていた。

(このまま、黙って餓死《がし》するおつもり？　早く討って出ていらしたらいいのに。ただ城下の民を苦しめるだけではありませんか)

リディエは西を見ながら、心の中でヴァシルに話しかける。

——その日、リディエは林檎邸にいた。

雪が近い。収穫を終えた果樹園では、雪囲いが進んでいた。

働く人手が増え、例年よりも格段に作業は楽になったそうだ。そろそろ、果樹園も増やしていきたい。昼から地図を眺めて過ごしていたが、ふいに集中力が途切れ、窓辺に座り——どのくらい時間が経ったろうか。

「ただいま戻りました！」

明るい笑顔で邸《やしき》に戻ってきたのは、ソロスの息子のヨハンだ。

年齢は十歳で、父親譲りの金の髪と、緑がかった灰色の瞳の少年である。林檎邸に行く度に手伝いたい、と言ってくるので、今回も同行を許した。

「お帰りなさい。あら、ジョイは？」

リディエは、ヴァシルに向けた言葉を忘れ、笑顔で迎えた。

「まだ、モナさんの家の犬と遊んでいます。すっかり夢中になってしまって」

「そう。でも、そういう時は一緒に待つようにしてね。護衛がいるといっても、一人じゃなにかと危ないわ。狼《おおかみ》だって出るのよ」

キルシュテ城の者が、パルジャ城に出入りしている。

なにか勘づいたのか、最近はソロスの家族に探りを入れる兵士も目撃されていた。目当てはアランだろうが、いつ他の家族に魔の手を伸ばすかわからない。人質を取って人を支配するのは、ウロス家の常套《じょうとう》手段だ。気をつけるに越したことはない。

「はい。今度からはそうします。――それで……あの……」

ヨハンが、きょろきょろと辺りをうかがった。侍女たちは別室にいて、この部屋にはリディエとヨハンしかいない。

「どうしたの？」

なにか伝えたいことがあるらしい。リディエは、優しく促《うなが》す。

「あの……リディエ様。父上にうかがいました。もう少ししたら、僕たちは、また引っ越しをするのですよね？」

「ええ、そうね。きっとそうなるわ」

ソロスは、北部総督府の特使として働いている。恐らくは、彼が望む土地の荘主に、リディエが任じる形になるだろう。金髪の貴族にとって、極北は住みよい土地ではないはずだ。極北は選ばないものと予想はできる。

「あの、ご迷惑でなければ、僕とジョイだけ、パルジャ城に残ってもいいでしょうか？僕が、ジョイの分も働きますから……」

リディエは、目をぱちくりとさせた。

まだ十歳の子供が、自ら親元を離れたい、とはそうそう言わないはずだ。

「……父上と、なにかあった？」

「いいえ、違うんです。そういうわけではなくて……」

ヨハンは両手をぶんぶんと振った。

子供の大事な話は、打ち明けるまでに少し時間が要る。リディエの弟や妹たちもそうだった。死んだ弟や妹たちの話はもう聞いてやれないが、せめて生きている子供の話は聞いてあげたい。

「急がなくていいわ、ヨハン。話せるようになってから教えて」

そこに、扉をノックして、ウラドが入ってくる。

「失礼いたします、我が君。今日の明るい陽射しも、貴女様の前では輝きを失いますな。

さ、夕に議会より使者が参りますので、そろそろ城に戻りましょう。――あぁ、ヨハン様。ごきげんよう。ジョイ様は、ご一緒だったのでは？」

「ごきげんよう、ウラド様。ジョイは、犬に夢中で」

「左様でございましたか。しかし、お一人にならない方がいい。極北は広いですから、迷子になっては大変だ」

身辺に危険が迫っている、と言わないところが、ウラドの優しいところだ。

見た目の華やかさに反し、性格にはやや偏屈な印象のある青年だが、意外と子供たちとは上手《うま》く接している。

「そうね。迷子になっては大変だもの。さ、ジョイを迎えに行きましょうか」

リディエが促せば、侍女たちも部屋から出てきて、帰り支度をはじめる。

林檎の話をしながら外に出て、ヨハンがパッと林檎園に向かって走り出す。まぁ、と笑いながら侍女が追いかけていき――

それを見ていたはずのウラドが、突然、目の端から消えた。

突然のことだった。

夕日を背負った大きな影が、ぬっと現れる。

「きゃあぁ！」

結った髪をつかまれ、林檎邸の中に引きずりこまれた。

悲鳴を上げる侍女の姿と、倒れたウラドの姿が見えたが、すぐに扉は閉められた。

(殺される——!)

思い切り投げ飛ばされ、壁と床に身体がぶつかった。

扉に閂《かんぬき》をかけた巨漢が、ずいと近づく。

まだ死にたくない。死ねない。

あの青い旗の下で、新しい北部を創《つく》るのだ。

今、リディエが倒れては、スキュイラの計画は瓦解《がかい》する。自惚《うぬぼ》れと笑うならば笑えばいい。自分以外に、あの女神の導く未来を実現できる者はいない。言い切れる。

(死ねない! 絶対に、死ねない!)

なんとか、武器になるものを手に入れなくては。短剣の届く距離ではない。

身体を起こし、這《は》うようにして暖炉《だんろ》に向かう。火搔《ひか》き棒に手を伸ばそうとしたが、また髪をつかまれた。

「は、放して! なにをするのよ!」

殴られるか、首を絞められるか、と身構えていたが、今度は足をつかまれた。

スカートをまくられて——気づいた。この男の目的に。

「なにをするだって? オレはピリゥス家の人間だぞ。領主の甥《おい》だ。喜んでベッドに迎えるべきだろう! バカにしやがって!」

足を持ち上げられ、下着に手がかかる。

腿《もも》に隠していた短剣は、あっさりと奪われ、暖炉に放られてしまった。

ピリゥス家──極北の中央部にあった旧イネシア領を治めていた一族だ。八年前に領は滅んでいる。

彼は、自分はピリゥス公の甥なので、カイエン家の娘は縁談の相手として相応しい、と顔をあわせた途端に求婚してきた。父親と共に鉱山で働いていた、と言っていたのも覚えている。

もちろん、応じはしなかった。

不満げな顔をされたのには気づいていたが、礼を失さない対応はしたつもりである。

「このまま立ち去りなさい。ただで済むと思わないことね。──ッ！」

パンッ！　と音が立ち、頬《ほお》を平手打ちされた。

痛い。逆上した男の力だ。痛いに決まっている。

「カイエン家の女が、妓楼《ぎろう》にいたのを知っているぞ。お前だって同じじゃないか。それを……なんでオレを見下す！　オレが炭鉱にいたからか！　卑《いや》しいからか！」

また、頬を叩かれた。

──違う、とリディエは言いたかった。

だが、言うより先に足が出る。服を脱ごうとした男の脛《すね》を、力任せに蹴《け》っていた。

う、とうめく声のあと、リディエはとっさに頭を庇《かば》った。反撃が容易に想像できたからだ。それでも、蹴らないわけにはいかなかった。こんな男に犯されるくらいなら、死んだ方がマシだ。死ぬわけにはいかないが、こればかりは譲れない。

「恥を知りなさい！　ピリュウス家の名が泣くわよ！」

「舐《な》めた真似《まね》しやがって！　――ん？　なんだ、この傷」

下着を脱がそうとする手が、リディエの足の傷に触れた。

内腿に大きく斜めに走る傷がある。あの、静かの森の崖《がけ》から落ちた時についた傷だ。

「いや……ッ！　放して！」

「なんだ。お前、こんな傷だらけの身体で、人の好意を断ってたのか！　なんて女だ！」

つかまれた足を、必死に動かす。だが、男の腕の力には敵《かな》わない。

(助けて……誰か……父上！)

その時――扉が壊れた。飛んだ、と言うべきか。

剣が、日を弾く。輝きは一瞬で、あとは鈍い音と、水音――悲鳴。

それが、ピリュウス家の男の手首から先が落ちた音だと、気づくまでには時間が要った。

「うわぁ！」

男はさらに蹴られて、壁まで飛んでいく。

「イ、イアソン！」

そこにいたのは、イアソンだ。抜き身の剣は血に塗れている。

リディエは露《あらわ》になっていた足を、慌てて隠した。

「リディエ様！」

壊れた扉から飛び込んできたのは、赤い髪のウラドだった。生きて、動いている。

「い、生きてる？　生きてるのね、ウラド！」

「私のことなど——いえ、この通り生きております。ヨハン様とジョイ様も、侍女たちも、兵士がパルジャ城にお連れしました。無事です！」

子供たちと侍女たちが無事で、ウラドが生きているならば、あとは安心だ。

ジン家のイアソンが、並みの相手に遅れを取るとは思えない。

「こ、殺さないでくれ。違うんだ。オレは、ただ、リディエ様に求婚を——」

左の手首から先を失った男が、悲鳴混じりに叫ぶ。

「なにが求婚だ。誰に頼まれた？　キルシュテ城の者か？」

「違う。ほ、本当だ。ただ、オレは、リディエ様にわかっていただきたくて、話を……そうだ、話をしようとしただけなんだ……頼む。殺さないでくれ……」

イアソンの合図で、林檎邸に荘軍の兵士が数人入ってくる。

「ヴァシル・ウロスの命で、総督暗殺を目論《もくろ》んだ疑いがある。吐かせろ」

「違う！　ただ、話を——くそ！　オレが炭鉱夫だからか？　それはオレのせいじゃない！　オレは領主の甥だったんだぞ！　父は砦《とりで》を持っていた。悪いのは残虐公だ。本当なら、オレは、砦を守って――」

言葉が終わるのを待たず、兵士は男を連れていった。

声は遠ざかる前に途切れたので、猿轡《さるぐつわ》でも嚙《か》ませたのかもしれない。

痛む頰を押さえる、唇が切れたようだ。

ウラドが差し出したハンカチを、礼を言って受け取る。彼の唇の端も切れていたが、自分の血は、無造作に袖《そで》で拭《ぬぐ》っていた。

「こ、殺すの？　あの男を」

剣をしゃらりと鞘《さや》に収めて、イアソンがリディエの前に膝《ひざ》をつく。血走ったその黒い目は、怒りに満ちていた。

「当たり前です。許す理由がない」

ウラドが、イアソンの話を引き取って続けた。

「イアソンの言う通りでございます、我が君。今後、極北の旧家を復興することになれば、カイエン家だけでなく、身を潜めていた領主の娘たちに注目が集まり、今と同じことが繰り返されましょう。彼女たちのためにも、ここで判断を誤《あやま》ってはいけません」

「でも……なにも殺さなくても……」

「あの男の様子では、リディエ様に対する侮辱をあちこちで口にしていた恐れがあります。

ここで許せば、侮《あなど》りは広がるでしょう」

　ウラドの言葉を、否定できるものがない。なに一つとしてだ。

　この程度のことで――とリディエは言ってはならない。

　広い北部で生きる、似通った境遇の娘たちのためにも。彼女たちには、危機を察して助けに来る騎士も、有能な副官もいないのだから。

「……わかったわ。彼らは、荘軍に入っていたのよね？　軍規に乗っ取って処罰して」

「王領の軍規は、こんな事態を想定していません。正しく罰せない」

　一兵卒が、総督を凌辱《りょうじょく》しかけた。こんな事態は、ルナヴィア王国内では一度も起きたことはなかったろう。女の為政者は、これまで存在しなかったのだから。

　だからイアソンは、ヴァシルが刺客であった、との疑いをかけ、あの男を処刑しようとしている。

「考えさせて。城に戻ってから答えを出す」

「……わかりました」

　イアソンの手が、リディエの手に握られたままになっていたハンカチを取り、口元の血を拭う。

「ありがとう、イアソン。助かったわ」

「礼など言わないでください。オレの失態です。もう二度と、あのような侮辱は許さない。

——誓います」

イアソンは胸に手を当て一礼し、林檎邸を出ていった。

馬車が到着しました、と外で声がする。立ち上がろうとしたが、膝に力が入らない。ウラドに抱えられるようにして、なんとか馬車へと乗り込んだ。

身体に刻まれた恐怖が、手指を強張《こわば》らせる。震える手を、ウラドが「お許しを」と断ってから、ぎゅっと握った。そうしていると、不思議と心が落ち着く。

——オレのせいじゃない！

あの男の声が、耳にこびりついて離れない。

こんなはずではなかった。本来なら。領が滅びていなければ。残虐公がいなければ。痛いほどわかる。リディエもそうして生きてきたからだ。

南ガラエル荘の荘主の息子との縁談を、不本意だとさえ思っていた。一歩間違えば、妓楼に売られてもおかしくなかったというのに。

ソロスがパルジャ城に赴任してきた時も、苛立《いらだ》ちながら思った。これは私の城だ。自分ならばもっとよい政治ができる、とも。

きっとあのピリゥス家の男も思ったのだろう。自分の不幸は、自分のせいではない。誰かが——目の前の女が癒《いや》すべきだ、と。

いずれも、卑しい、そして醜《みにく》い感情だ。

（誰の心にも、飢えがある）

取り戻したい。すべてを元通りに。

心の飢えは、歪《ゆが》みを生む。

元通りにしたいから——人を傷つけ、騙《だま》し、殺し、奪う。

そんな理屈を許してはいけない。

あの鮮やかな青い旗の下では、決して。

「帰ったら、皆の前で話すわ。……高いところは苦手だけど、きちんと話したい。……それと、相談があるの。聞いてくれる？」

もう、震えは止まっている。

ウラドは手を放して「おうかがいしましょう」と居住まいを正した。

——その日、リディエはパルジャ城の中庭の露台に立った。青い旗を背に、夕暮れの中でも映える、紫陽花《あじさい》に似た淡い青のコタルディを着て。色は淡いが刺繍《ししゅう》は金糸で華やかだ。その華やかさが、心を奮い立たせてくれた。

ウラドが触れを出したので、すでに中庭には、黒髪の人々が多く集まっていた。

「ガラエル領は、三年前、残虐公に奪われました。逆賊の汚名を着せられ、この門に吊るされた父と兄の姿を忘れた日はありません。その日からずっと、すべてがいつか戻ってくる——と信じていました。魔法のように、すべてが。でも、そんなことはない。残虐公が死んでも、現実はなにも変わっていません。名誉が回復されても、父は戻ってこない。私はずっと、残虐公は、私たちから奪ったものを返すべきだとも思っていました。しかし、なに一つ返ってはきません。今後も、永劫《えいごう》。誰かが、いつか、自分の失ったものを与えてくれる——そんな魔法のような奇跡は起きないのです。土地を耕し、種を蒔《ま》きましょう。我々が得るべきは、自らの畑です」

小さな、ざわめきが起こっている。

「皆に問いたい。残虐公は、貴方がたに畑を与えましたか？」

人々は顔を見あわせ、首を横に振る。「いいえ！」「奪われただけです！」といくつか声が上がった。

「北部総督府は、望む人に、望む土地を与えます。それは貴方の財産になる。いずれ子らに、孫たちに、分け与えてください。城の学者が土地の育て方を指導します。——ただし、人の物を奪う者には容赦《ようしゃ》はしません。ヴァシル・ウロスは、我らから極北を奪おうとしています。カイエン公夫人も、公子も、公女も、ヴァシルに殺されました。この上、まだ、ウロス家は極北を奪おうとしている。許してはなりません。極北は、ウロス家の狩場ではない！　我らはウロス家に屠《ほふ》られるために生きているのではない！　戦いましょう！　これ以上、草一本たりとあの男には奪わせない！」

リディエが拳《こぶし》を振り上げれば、わぁっと喚声が上がった。

「北部には、土地を耕す者が必要です。兵士も必要です。そして——荘を守る城主が必要です。新たな極北において、城の主となるのは、旧家の血を持つ者ではありません。旧家の娘を妻にした者でもありません。今から一カ月の間に、自身の治めたい城の復興計画を私に提出してください。条件は、五年で領として独立すること。優れた案を出した者を城主に任じます。人の知恵を頼って構いません。書庫も開放します。我々の手で、新たな北部を作っていきましょう！」

熱狂、といっていい。

大きな熱の渦が、そこにある。

リディエが露台から立ち去ったあとも、中庭の熱は去らなかった。

「お見事です、リディエ様」

城塔の階段のところで、ウラドが恭《うやうや》しく礼をする。

「ピリゥス家の男は、総督暗殺を企《たくら》んだヴァシルの刺客として処刑するわ。……イアソンに伝えて」

御意、と答えるのに礼を伝え、階段を駆け上がる。

ヴァシルを、利用した。己の弱さを隠すために。葛藤《かっとう》が、嵐になって胸を苛《さいな》む。

そのまま、リディエは部屋にこもったが、翌朝には政務に戻った。処刑の申請にも、他の書類と同じようにサインをし、決して動揺は見せなかった。

ヴァシルが反逆者になってから、二カ月余り。

リディエは、城塔の執務室の窓から、雪のちらつく外を見ていた。

(どうしてお気づきにならないの？　――早く気づいて。それとも、気づいた上で怖気《おじけ》づいてしまわれた？)

遠いキルシュテ城にいるヴァシルに、リディエは心の中だけで囁《ささや》く。

塩の取引停止に、食糧供給の遮断。

今や極北のほとんどの城が王室への領地奉還を約束している。鮮やかな青い旗が、それぞれの城にひらめいているはずだ。

その動向が、キルシュテ城に届いていないとは思えない。

(気づいて――早く。私が憎いなら、早く殺しにいらして)

しかし、依然ヴァシルは、なんの動きも示していない。

キルシュテ城内は混乱している――はずだ。少なくとも、報告によれば治安の悪化や食料不足は深刻で、貴族たちは続々と城を抜け出しているそうだ。

動くべきではないか、とリディエは思う。

自分の罪を認めて投降し、領民を守るという道もあるだろう。

徹底抗戦を呼びかけ、兵を領内から集めるという道もある。

だが、ヴァシルはなにもしない。

――暗愚公《あんぐ》。

キルシュテ城の者は、ヴァシルをそう呼んでいるそうだ。

そのうち、城内で反乱でも起きるのではないか、というのがキルシュテ城の様子を探っている諜報官の意見である。

(このままでは、死んでしまう)

ふっと浮かんだ言葉を、リディエは嫌悪した。

いつもそうだ。恨み、憎んでいるのに、どこかで彼の死を恐れている。

「――リディエ様」

声をかけられ、ハッと気づく。

そこにウラドがいて、書類を持っている。

もう会話は進行していたに違いない。こうした状況ははじめてではなかった。

「ごめんなさい。ぼんやりしていて……」

「いえ、お気になさらず。憂《うれ》い顔もお美しい。こちらもすっかり見惚《みと》れておりました」

頬に触れれば、手が濡れた。

ウラドが差し出すハンカチを、礼を言って受け取る。

「なんの話だったかしら。……もう一度お願いできる?」

「ソーン四世陛下のご体調が、芳《かんば》しくないとか」

そんな重要な話が、耳に入っていなかったらしい。情けない限りである。

リディエは、小さくため息をついた。

「王太子は年明け決まるそうだから、一刻も早く決着をつけて、スキュイラ様には女王になっていただかなくては」

「御意。――ここはもう一息、挑発が必要かと」

すでに、経済的な打撃は大きく与えている。

これ以上の規模で行えば、キルシュテ城で死者が出るだろう。

「難しいわね。キルシュテ城の人たちを、これ以上苦しめたくないわ」

「もちろんでございます、我が君。狙《ねら》うはヴァシルの首一つ。我らは、いかに暗愚公が異常で、身勝手で、為政者として不適格かを示せばよろしい」

リディエは、頭を押さえた。

今、自分たちがしようとしているのは、スキュイラがしていたのと同じ企《たくら》みだ。

春陽《しゅんよう》の間で、あれほど嫌悪したのと、同じ。

為政者としてのスキュイラを、女神のごとき存在だと思っている。だが、あの日の感情は、今もリディエの中に残ったままだ。

死んでしまう。――殺さねば。――死なせたくない。――殺さねば。

感情が複雑に波打ち、定まらない。

リディエは頬の涙を、再び拭わねばならなかった。

「……私、哀れな女に見える？」

「いえ。そのようなことは決して」

ウラドは書類を机に置き、ワインを注いだグラスを二つ持ってきた。彼もいったん仕事を脇に置くことにしたようだ。

「哀れんで、バカにする者もいるわ。当然よ。ヴァシルに仲間を殺され、家族を殺され、私自身も殺されかけた。……愛人になれとまで言われたわ。まだ、あの男は遺産を狙っている。そんな哀れな女に、人はついてきてくれるかしら」

一気に話したあと、ワインを一口飲んで喉《のど》を潤す。次にもれたのはため息だ。

「……我が君。少し、私の話をしてもよろしいですか？」

「どうぞ。聞きたいわ」

リディエは、椅子《いす》を勧めた。ウラドは会釈《えしやく》をして、ゆったりと座る。

「私には、思い人がおります。——とても、美しいお方です」

突然の告白ではあったが、リディエはあまり驚かなかった。

あの美しい青き薔薇の側近くにいて、魅了されない男はいないのではないだろうか。

複雑な感情を持つリディエでも、あの女神のごとき美貌《びぼう》を前にすれば、ごく自然に目を奪われる。

「スキュイラ様でしょう?」

「いえ、今、私の目の前においでです」

リディエの黒い瞳が、ウラドの碧《みどり》の瞳とひたりとあう。

むっと口をとがらせ「よして」とリディエは抗議をする。

「スキュイラ様のお傍にいた人に言われたって、嬉しくないわ」

ウラドの求婚は、愛だの恋だのを理由としないものだった。荘主の夫の座を狙っただけのはずだ。

突然、情の話をされても鼻白《はなじろ》むだけである。

しかし、ウラドは、微笑《ほほえ》みをたたえて首を横に振った。

「我が君に嘘《うそ》など申しません。私は決して裏切らぬ腹心でございますから。——最初は、その黒髪の女官を気の毒に思っていました。ラーベル宮殿で、黒髪の者はそう多くない。私の祖母が北部の生まれだったので、より目が吸い寄せられたのかもしれません。きっとあの北部の娘は、生きるために必要だから、親元を離れて労働を強いられているのだと思いました。とうに嫁いでいるような年齢なのに。——哀れんでいたと思います。貴女の素性を調べさせ、いっそう哀れんだ。秋薔薇の庭園で、ぼんやりとたたずむ悲劇の公女の姿を、よく覚えています」

ウラドが言っているのは、去年の秋の話だろう。スキュイラとヴァシルの婚儀の前後だ。そんな頃から、彼がリディエの存在を把握《はあく》し、なにかしらの感情を持っていたとは、まったく知らなかった。

「人質を取られて残虐公に仕えていたんですもの。哀れではあったわ」

リディエが、ぐいとグラスを空けると、ウラドはすぐにワインを足した。

「ヴァシル様が貴女に近づいた時、胸が張り裂けそうになりました。伏せられてはいましたが、いい噂《うわさ》のなかった男です。毒牙《どくが》にかかってしまうのではないかと、気をもんでいました。女官の何人かに、金を渡して目を離さないよう頼んだこともある」

「まさか……あれ、貴方が？　助けられたわ。……危ないところだったの」

いつぞや、ヴァシルに口づけされかけた時、女官に助けられたことがある。

女官同士の助け合いだと思っていたが、あれにはウラドの口添えも効いていたようだ。

「その時も、哀れんでおりましたよ。お気の毒な公女様だと。――だが、今は違う。もう、貴女はラーベル宮殿の切り花ではございません。故郷に根を下ろした樹木です。生きて、ここにいて、未来がある。豊かに枝を伸ばし、葉を茂らせればよろしい。十年後には、全員黙っておりましょう」

十年後、という言葉に触発されたのか、ぱっと頭に映像が浮かんだ。

果樹園が増え、次々と林檎を入れた木箱が荷馬車に積まれていく。

農地が増え、人が増える。この地で生まれた子供も、すくすくと育つ。若者は学び、老いた者はそれを助ける。

保安隊が塩の道を守り、軍は領を守る。──なんと美しい光景か。

「……そうね。十年も経ったら、もう皆、忘れているわね」

元夫に鉄槌《てっつい》を下そうとするスキュイラは、王都で熱い支持を得ている。今は悪質な縁談を進めた宰相《さいしょう》に、非難が集まりつつある状況だという。

毅然《きぜん》と立ち向かう姿勢が、哀れみを遠ざける。迷いは禁物だ。

鉄槌を躊躇《ためら》わず振り下ろし、正しく幕引きさえできればいい。あと少しで、その時は来る。そう思えば、眉間《みけん》にあった憂いは晴れた。

「──そこで、ご相談ですが、アラン様の件でございます。存在を公表されてはいかがでしょう。恐れながら、ヴァシル様は危機の根本を理解しておられない。──アラン様を殺せば、ご自身の正統性が増すとお考えになるのではございませんか?」

暗愚公、という言葉が、頭をかすめる。

ヴァシルの行動は常に刹那《せつな》的で、それこそ十年後を見ていない。

──種なし。

エクィル公子の言葉が、ちらりと頭をかすめた。

(いえ、だからって、自棄《やけ》になる理由にはならない……はずよ)

いったん、リディエは自身の思考を放棄した。ウラドの言う通りだ。彼の言動を理解しようとしたところで、できはしないし、無駄である。

「……アランを、囮《おとり》にするわけね」

「我々は、ヴァシル様を誘《おび》き出せばよろしいのです。戦は王国軍に任せましょう。もちろん、アラン様に危害は加えさせません」

ソーン四世の病状によっては、王国軍の動きが遅くなる可能性があるが、だからこそ急ぐ。ヴァシル討伐で、スキュイラの即位を確定させたい。

北部の未来は、彼女の即位にかかっている。

そして、アランのためにも脅威を取り除きたい。ヴァシルが生きている限り、あの小さな命は、安全を脅《おびや》かされ続けるのだから。

「わかったわ。ソロスも間もなく帰ってくる。彼には真実を伝えましょう」

「は。では、そのように」

ウラドは、一礼して立ち上がった。

リディエも続く。休憩は終わりだ。仕事に戻らねばならない。

「ありがとう、ウラド。少し気が楽になったわ。その書類、復興計画の？」

「はい。私の方で、見込みのありそうなものを選んでおきました。一度弾《はじ》いた者には、助言を与えて、改めて提出するよう促します」

「それはいいわね。実際の荘政も、試行錯誤の繰り返しですもの。それで、決まりそうな人はいる？」

「ええ。その一枚目に。有望です」

グラスを机に置き、一番上の紙に目をやれば、ヨハン・カイウスと署名があった。家名がダミアンでないのは、ヨハンが庶子だからだ。母方の家名を名乗っているらしい。

目を通せば、拙《つたな》い文字に似あわぬしっかりとした内容だ。まだ十歳だというのに、驚くほどよく書けている。

「まぁ、すごい。よく書庫で見かけると思ってたけど……こんなにきちんとした計画書を持ってくるなんて――ウラド、貴方、手伝ったわね？」

「お気づきになられましたか！　さすが、我が君。いや、しかし書式は教えましたが、内容はすべてヨハン様ご自身の発案です。素晴らしい才をお持ちだ」

嬉しそうに、ウラドは笑顔を見せている。

聡明なヨハンは、ウラドのよい弟子であるらしい。

「……女性の応募もあるのね。嬉しいわ。――あら？」

「どうなさいました？　あぁ、噂をすれば」

階段の下の方から、パタパタと軽い足音が聞こえてきた。

この足音は、きっとヨハンだろう。だが、執務室へは用事がない限り入ってこないように言ってある。報告の内容が、子供の耳に優しくない場合も多いからだ。

彼は、リディエの言いつけを簡単に破るような子供ではない。

「……なにかあったんだわ」

リディエは書類を机に戻し、自分から扉の方へと向かった。

扉を開けた途端、目の前にリディエがいたので、ヨハンはひどく驚く。肩を撫《な》でてやると、パクパクと口を動かしたあと、やっと声を発した。

「ジョ、ジョイが……リディエ様、ジョイがいなくなりました！」

思いがけない報告に、リディエは顔色を失う。

まだ幼いジョイが、一人で城外まで出るとは考えにくい。――いや、ソロスの子供たちの中で、最も活発な子だ。遊びの延長という可能性もある。

「リディエ様。捜索は我々で行います。こんな時です。なにかあってはいけない。――ヨハン様は、ここでお待ちを。よろしいですね？」

ウラドはヨハンの肩を、ポンと叩いて階段を下りていった。

「なにがあったの？」

リディエは、窓際の長椅子にヨハンを座らせ、自分もその横に座る。

ヨハンは、昼にジョイと喧嘩《けんか》をしたせいで、ジョイが出ていってしまった、と簡単に説明をしてくれた。今はイアソンが、兵士を連れて捜索に行っているそうだ。

泣き出したヨハンの背を撫でてやり、しばらくすると、ヨハンは思いがけないことを口にしだした。

「ジョイは、ヴァシル様の子供なのです」

ぎょっとした。が、子供の前で動揺を見せるわけにもいかず、ひどく窮《きゅう》する。

ヴァシルは、リディエより一歳上の十九歳。ジョイは、たしか四歳だったはずだ。

（そんなことって……十五歳で父親に？　いえ、ないとは言い切れないわ）

生前のエクィルは、ヴァシルが父や兄の、妻やら愛人やらを寝取ったと言っていた。時期としては、スキュイラとの縁談以前だろう。すると、十七、十八、といった年齢の頃の話になる。

さすがに早すぎはしないか、と思うのは、きっとリディエが極北の生まれだからだろう。極北の貴族は、他の地域に比べて婚期が遅い傾向がある。金髪の貴族を軽薄だと言うだけあって、庶子を持つ者さえ稀《まれ》だ。感覚の差を想像で埋めれば、あり得ない話ではないのかもしれない。同じキルシュテ貴族のソロスは、ヨハンを十六歳の頃にもうけている。

「そう、大人が話しているのを聞いたのね？」

「僕の母の瞳は、鮮やかな緑色でした。どちらに似ても、ジョイの瞳の色にはなりません」

大人の話を鵜呑《うの》みにした――というだけではないらしい。少なくとも、ヨハンは理解した上で発言している。

父親であるはずのソロスの瞳は、緑がかった灰色。母親の瞳は、鮮やかな緑色だという。そして、二人の間の子のジョイの瞳は、菫《すみれ》色。

（たしかに、ヴァシル様の瞳も菫色だけど……）

ウロス家の男子が持つ菫の瞳は印象的だが、かといって、菫の瞳の者がすべてウロス家の人間なわけでもない。ジョイとは毎日顔をあわせ会話もしているが、ヴァシルを連想したことさえなかった。

必死に頭の中で、二人の顔を比べてみたが、ヨハンとジョイがよく似た兄弟であることしかわからなかった。無垢《むく》な子供を、ヴァシルに重ねるのは難しい。

「だから、ジョイは出ていった……と思うのね？」

「はい。ヴァシル様は、夏にラーベル宮殿からお戻りになってから、ジョイを引き取ろうとなさってます。父上は断りましたが、もう何度も攫われそうになっているんです。……この城に着いてからも、僕ら家族を探る人がいました。だから、ジョイは、一緒に逃げようって僕に言ったんです。でも、僕が断ったから……一人で逃げたんだと思います。……僕のせいです」

「教えてくれてありがとうヨハン。大丈夫よ、イアソンがきっとジョイのことを見つけてくれるわ」

「……暗愚公に引き取られるのは嫌だと、ジョイは泣いていました」

暗愚公――と十歳の子供の口が音をつむいだ。リディエは胸に痛みを覚える。

たった四歳の子でも、耳に入る話で察したのだろう。

自分の本当の父親が、人にどう評価されているのかを。そして、厭《いと》った。

他の兄弟たちと同じベッドで眠る、食事で口の周りを汚すような幼子《おさなご》でさえ。

――哀れなヴァシル。

胸が、ちくりと痛んだ。

「すぐに父上は戻ってくるわ。きちんと話をしましょう。大丈夫よ。私たちが、貴方のことも、ジョイのことも守る。約束するわ」

ヨハンは、目に涙をためてうなずいた。

そうして、夕方近くに、イアソンは無事にジョイを城まで連れて帰ってきた。

幸いにも、ジョイには怪我《けが》もなく、イアソンの腕の中ですやすやと眠っていた。

「あぁ、よかった！　ありがとう、イアソン。ジョイは、どこにいたの？」

「林檎園です。厩舎《きゅうしゃ》で犬と一緒にいました」

実に彼らしい行先だ。リディエは胸を撫《な》で下ろす。

ジョイの名を呼びながら泣くヨハンを宥《なだ》め、二人を乳母《うば》に預けた。

「無事で本当によかった。生きた心地がしなかったわ。――なにか、あったの？」

硬い表情のイアソンに問えば「執務室で話します」と言うので、慌《あわ》てて下りたばかりの螺旋階段を、最上階まで上がった。

（なにか、あったんだわ……）

イアソンの態度から察して、ジョイが人騒がせな冒険をしただけの話ではないのだろう。

執務室に入ると、リディエは改めてイアソンを労《ねぎら》い、ワインを注いでグラスを渡した。

一杯、飲み終えるのを待ってから「それで？」と話を促す。

「結論だけ言えば、ジョイを保護できたのは偶然です。小隊の到着がもう少し遅ければ、ジョイは攫われていました。金髪の兵士が、厩舎に向かっていたんです。——惜しくも取り逃がしましたが。彼らは、ジョイが城から抜け出したことを把握した上で、彼が行きそうな場所を推測し得たのでしょう」

「……以前からジョイのことを観察していた……ということね？」

「恐らくは、このところ頻繁《ひんぱん》に城内で目撃されていた兵士かと。しかし、アランならばともかく、なぜジョイが狙われたのか……わかりかねます。ノーツェ流の人質作戦でしょうか。適材とも思えませんが」

ソロスの子供たちの中で、最も自由気ままなのがジョイだ。

なぜ、兵士は目を離すとあっという間に消えてしまうような、四歳のジョイを狙ったのか。イアソンが不思議に思うのも当然だ。リディエも、ヨハンの告白を聞くまではわけがわからなかった。

「本人から、なにか聞いている？」

「キルシュテ城に戻りたくない、と言って泣いていました。あるいは、母親の親族が、連れ戻しに来たのかとも思いましたが……どうやら、違うようです。しきりと、攫われる、殺される、と怯《おび》えていました」

できれば、ソロスのいる場で話をしたかったが、事は急を要する。

ジョイの話が嘘とは思えない。ヴァシルがジョイ誘拐《ゆうかい》を何度も画策している以上、今後も続く恐れは十分にある。子供たちを守るために、情報の共有は必要だろう。

「それが――」

リディエは、ヨハンから聞いた話をかいつまんで伝えた。

イアソンは話を聞くと、すぐに立ち上がり、

「取り逃がした兵士を探させます。――悪魔のような男だ。どこまでも災厄《さいやく》を振りまく」

と西に向かって舌打ちしてから、足早に執務室を出ていった。

悪魔。まさに悪魔だ。

どれだけの命が、あの男のために奪われてきただろう。

杭《くい》を打ち、日に曝《さら》さぬ限り、またあの黒い羽根は何度でも羽ばたく。

(早く――終わらせなければ)

ヴァシルが生きている限り、災厄は続くのだ。

早く――一刻も早く息の根を止めなくてはならない。その災《わざわ》いが子供たちに及ぶ前に、次の一手を打つ必要があった。

極北の城を巡っていたソロスが戻ってきたのは、三日後のことだ。

子供たちの無事を確認したあと、執務室まで上がってきた。

彼を待っていたのは、リディエの他、保安隊のモガーラ、総督府軍のイアソン、副官のウラドである。ジョイの保護のため、情報を共有した顔ぶれだ。

ソロスは隠す気もないらしく、ごく簡単にジョイの父親がヴァシルであると認めた。

「私の当時の恋人を、ヴァシル様が一時期奪い、かつ戻してきた、という話です。当時、ヴァシル様は、そろそろ縁談が舞い込もうかという年齢でしたので、孕《はら》んだ恋人が邪魔になったのでしょう。なんというか……ごく単純に、人のものを奪うのが好きなお方なのだと思います。被害が彼女一人で終わらなかったのは、周知の事実です」

ソロスが言っているのは、ヴァシルが、父や兄たちの、妻や愛人を寝取った件だろう。

それだけ繰り返されるからには、単純に好んでしていた、と考えるのが自然だ。

「ジョイを産んだ彼女は、心を病んで首を吊りました。ジョイは祖父母のもとで育っていたのですが――ヴァシル様はラーベル宮殿からお戻りになると、ジョイを返せ、と突然言ってきたのです。私は、もちろん断りました。ジョイは私の息子です。だが、ヴァシル様は、今も執拗《しつよう》にジョイを狙っています」

ヨハンが言った言葉のほとんどは、事実であったらしい。

ソロスは「ご迷惑をおかけしました」と全員に頭を下げた。

「教えてくれてありがとう、ソロス。──皆も集まってくれてありがとう。ジョイの実の父親が誰であろうと、彼はソロスの息子よ。この城で誘拐など決して起こさせない。──この青い旗の下では」

リディエが言うと、全員がうなずいて、それぞれの仕事に戻っていった。

「ソロス。少し話がしたいの。いいかしら？」

去り際のソロスだけを呼び止める。

ソロスはにこやかに「はい」と返事をして戻ってきた。

「──アランの件でございましょう？」

いきなり切り出されたので、リディエは驚き、ワインを注ぐ手を止めていた。

「気づいていたの？」

「おおよその企みというのは、二度目になると魔力を失うものです。貴女にとって渾身《こんしん》の奇策でも、私には二度目でしたから。アランの目は、ジョイと同じ色だ」

目を細めて、ソロスは穏やかに微笑んでいる。まるで子供の相手をしている時のように。

てっきり騙し切れているとばかり思っていたリディエは、己の浅はかさを恥じた。

「ごめんなさい。それしか思いつかなかったの。貴方を利用してしまったわ」

「構いません。私も、そこに父母を亡くした赤子がいたら、無謀だろうと助かる道に賭けます。結果として、今、アランはこのパルジャ城で生きている。なにより大事なことだと思っております」

優しい人なのだ、とリディエは思う。

子供の父親が誰であろうと、母親と縁があれば実子として引き取る姿勢も、彼の優しさがあればこそだ。

「ありがとう、ソロス。貴方のお陰《かげ》で、アランは救われたわ」

ワインをグラスに注ぎ、互いに軽く掲げてから飲む。

「ご希望でしたら、このままアランを引き取っても構いません。今はもうリディエ様から俸給をいただいていますから、金に困ってもおりませんし」

「ありがとう。でも、アランは、私が自分で育てたいと思っているの」

「よろしいのですか？　その……養い子を抱えては、なかなかに縁談は難しいでしょう」

七人の子を抱えて、求婚してきた男の言葉には、説得力がある。

だが、リディエは「構わないわ」と笑顔で返した。

「以前も言ったけど、結婚をするつもりはないの。アランがいてもいなくても、同じだわ」

「我々が大神殿に提出した瑕疵申請が、婚姻《こんいん》の誓約書を無効にする可能性も十分にありましょう。もし間にあわずに婚姻が成立したとしても、私の有責で離婚すれば、貴女の名に傷はつかない。……貴女のような、若く美しい姫君には、幸せを得ていただきたいのです」

リディエの幸せは、夫を得ることではない。

青い旗の下で、新たな北部を築いていく。それがリディエにとっての幸せだ。

だが、ソロスと幸せについて話しあってもしかたないので、微《かす》かな笑みを浮かべるにとどめた。無駄なやり取りである。

それよりも、今は彼に伝えねばならないことがある。笑みをすぐに消し、リディエはソロスを見つめた。

「――それで、貴方には今後のことを相談させてもらいたかったの。……ヴァシルを、可能な限り早期に葬《ほうむ》りたい。子供たちを守るためにも」

「全面的に賛成です。一刻も早い方がいい。キルシュテ城にも、大きな混乱が起きております。この状況を長引かせるべきではありません」

ソロスは、リディエの示した方向に同意した。彼の元愛人を含めた親類は、キルシュテ城にいる。早期解決は、彼らのためにも必要なのだろう。

「私たちの役目は、ヴァシルを挑発することよ。アランの存在を公《おおやけ》にして、ヴァシルに知らせる――という案が出ているの。正直なところ、父の遺産であれだけの打撃を与えれば、ヴァシルは降伏せざるを得ないと思っていたわ。……まさか、無策のままで、こんなに長く粘られるとは予想外よ。次の手が必要なの」

「囮に、アランだけでなく、ジョイも加えたいのですね？」

話が早い。リディエは「えぇ」と認めた。

ジョイが実子であるからこそ、ヴァシルは執着しているのだ。

その執着を利用できないだろうか――と考えている。

「あぁ、それで……貴方に一つ、聞いておきたかったことがあるの。エクィル様が、おっしゃっていたでしょう？　ヴァシルの……身体のことを」

「私も、湖畔ではじめて耳にしました。いえ、噂はあったのです。父君と兄君とが、ヴァシル様に制裁を加えた、と。ですが、まさか、と思って当時は誰しもが聞き流しておりました。その後、王室の婿にも入っておりますし。ただ……ウロス家は大陸の処刑人を祖としておりますので、そうした――貴女にお伝えするのは気が引けるが、去勢の技術は残っていたのかもしれません。もしその制裁が本当に行われたとすれば、時期はスキュイラ様とのご縁談以前。王家側が把握していたかどうかは不明です」

湖畔での一幕を、スキュイラは間近で見ていた。エクィルの大声も、間違いなく耳に入っていたはずだ。

――そもそも、あの不幸な結婚自体が、無意味だったのではないか。

ラーベル宮殿でのヴァシルは、いつもうつむいていた。途方に暮れ、絶望していた。リディエの膝にすがって泣くほどに。

妻に無視され続けたから、だけではない。肉体的な機能も、社会的な地位も奪われていたからだ――と考えれば、あの絶望の一端も、より理解できるように思える。

その後の、後先を考えない報復。

捨てたはずの庶子への執着。

自棄になっているとしか思えない政治的判断。

すべてが、符号するのではないだろうか。

「でも……婚儀の夜には、床入りがあるでしょう？　誤魔化《ごまか》せないわ。スキュイラ様が部屋の扉を閉ざすのを、誰も予想できなかったはずよ」

馬や犬の去勢は、日常の一部だった。だから、それが外見上の変化をもたらすことを、リディエは知っている。

「いろいろと……お耳に入れるのは憚《はばか》られますが……技術は、あるのです。外見上、気づきにくい箇所に術を施す場合もあるとか。私も詳しくは知りません。官吏《かんり》ですから、古い時代の刑罰を、書物で読んだだけです」

「ありがとう、教えてくれて。……この話は、ここで止めておきましょう」

ここで、リディエは考えることを放棄した。

リディエの目的は、ヴァシルを葬ることだ。名誉を傷つけたいとは思わなかった。彼の過去を理解しようとするのも、時間の無駄でしかない。

「リディエ様は、高潔な方だ。子供を囮にするのも、ヴァシル様のお身体のことを駆け引きに使うのも、気が引けるのでしょう?」

ずばりと核心をつかれ、リディエは複雑に顔を歪めた。

グラスを空けると、すぐにソロスは次を注ぐ。

「そう。その通りよ。――手段を選んでいるの。この期《ご》に及んで」

「為政者に高潔さは必要です。その感覚は大事にされた方がいい。ただ、ヴァシル様に関しては急いだ方が……キーラ、という女性をご存じですか?」

突然、その懐かしい名を耳にして、リディエはグラスを落としかけた。

彼女は、ラーベル宮殿とノーツェ領邸との連絡係だった。オライエ領の荘主の娘で、父を失い、母を養うという境遇も似ていた。互いに励ましあったものだ。いつか故郷に帰ろう――と。

「なぜ、その名を……? 彼女を、知っているの? ラーベル宮殿で働いていた女官よ」

「今、キルシュテ城にいます。パルジャ城に戻る直前に聞いた話ですが、ヴァシル様は、スキュイラ様に似た金の髪の女と、貴女に似た女を愛人にしている」

ぞっと背筋が凍った。

なんとおぞましい復讐《ふくしゅう》の仕方だろう。

「その、私に似た女というのが……キーラなの?」

「はい。痛ましい話です。芥子《けし》の汁を飲ませて部屋に閉じこめているそうです」

キーラは死んだものと思っていた。彼女を静かの森での狩りの日以降、見た者はいないと聞いていたからだ。だが、実際はヴァシルが攫い、キルシュテ城に連れ去っていたせいだった——ということか。

もう、リディエはその意図を読み間違えはしなかった。

(私への鬱憤を晴らすために……キーラを利用した? それだけのために、キーラを?)

キーラとリディエは、似ている、とよく言われていた。姉妹のようだと。

同じ極北出身。面影を重ねるならば、絶好の相手だろう。

リディエは胸を押さえ、倒れこむように長椅子に腰を下ろした。

「悪魔だわ。……災厄を振りまき続ける悪魔よ……」

「その通り。まさに悪魔です」

「冗談じゃない! これ以上、食い物にされてたまるものですか!」

自分の大声に驚き、リディエは「……ごめんなさい」とソロスに謝った。

冷静にならねば、と思うのに、胸の嵐は去らない。

早く——一刻も早く。

悪魔を、殺さねばならない。

「急ぎましょう。一日遅れれば、一日分犠牲者が増えます。今、それができるのは、あの男の脅威を知る、我々だけです」

「教えて、ソロス。企《くわだ》ては繰り返されれば魔法の力を失うものでしょう？　何度も繰り返すのはどうして？　今ならわかるわ。――貴方も、私と同じなのね？　あの男は、貴方にも同じことを繰り返しているのでしょう？」

「はい。伯父の紹介で、ヴァシル公子の家庭教師をしておりました。この銀狐のストールは、その頃ウロス公にいただいたものです。……最初は素直な生徒でしたよ。よく懐いてくれていた。それが、いつの間にか……利用され、憎まれていた」

姿のいい金髪の男。少し年上で、美しい恋人がいる。

二人が似て見えたのは、金髪の貴族に共通した雰囲気であるというよりも――ヴァシルの方が、真似たのではないか。年上の、彼の目に魅力的に見えた家庭教師を。

そうしてソロスの恋人を奪い、捨てる。腹の中の子ごと。

ソロスの恋人は自死。

人の恋人を奪う行為は、ヴァシルはその後も身内を相手に繰り返した。

「なぜ、ヴァシルは何度も同じことを繰り返すの？」

最初は、距離を詰めてくる。優しい言葉もかけるだろう。

だが、ある日突然、親しさが憎悪に変わる。ヴァシル側に転機はあるのだろうが、こちらにはわからない。

ヴァシルは、相手からの搾取《さくしゅ》を平然と続ける。

彼は、ソロスがジョイを自分に差し出すべきだと思っているのだろう。リディエが黒鷹の押収品を差し出すべきだと思っているのと同じように。

(手切れ金がなかったから、と本人は言っていたけれど……ソロスは、子供を守ろうとして、パルジャ城まで連れてきたのかもしれない)

もしキルシュテ城に子供たちを残していた場合、彼らがどのような目に遭《あ》っていたかを想像すれば、他にない選択のように思える。ジョイ本人だけでなく、他の子供が人質に取られていた可能性もあるだろう。

「人が何度も同じことを繰り返すのは、それが、正しいと思っているからでしょう。それで成功してきたからだ。どちらかが死ぬまで終わりません。残虐公は、あの悪魔を殺すのに失敗しました。ベゥルガ公子やエクィル公子もです」

「終わらせ……ないと。生きている限り、繰り返すわ。次に狙われるのは、子供たちよ」

父の遺産では、とどめを刺せなかった。

それでは、まだ足りない。杭を打ち込み、日に曝すまで悪魔は死なないのだから。

「そうです。終わらせなければ。——彼の災いを知る、我々の手で」

ソロスの言葉に、リディエはうなずきを返す。

——二人はその日、秘かにある計画に移った。

悪魔の、息の根を止めるために。


ヴァシルがキルシュテ城を出た——という待ちに待った報《しら》せが入ったのは、神暦八九七年一月の二十九日のことだった。

進路は北東。キルシュテ城を出、まっすぐにパルジャ城に向かっている。

ヴァシルが兵を発した目的は、逆賊・ダミアン卿の討伐——ということらしい。

反逆者には、死を。ヴァシルは、いつぞやパルジャ城で叫んだように、拳を振り上げたろうか。兵の数は二千。ヴァシルは近隣の荘に兵と兵糧《ひょうろう》の供出を求めたが、応じる者はなかったそうだ。

すでにルナヴィア王国軍は、各所に兵の配置を終えていた。

ヴァシルの出陣後、キルシュテ城には王国軍五千が入る手はずになっている。

北部総督府軍の役割は、ヴァシル軍の進路の真正面に陣を構えることだけだ。総督府においてて時間をかけて話しあわれたのは、むしろ戦闘後の治安維持についてである。ルナヴィア王国軍との話しあいも、その後——ヴァシルの死後のことばかりだった。

もう、誰もヴァシルを見ていない。

リディエも同じだ。

王都から来る監督官の配置や、兵の配分など、決めるべき事柄は膨大な量に及ぶ。

最も重要だったのは、人事だ。リディエは、宣言通り能力で決した人物を荘主に任じた。スキュイラの、北部人による北部復興の理念にも沿う内容である。

誰もが、ヴァシルの死を待っている。

そして、二月一日。

——リディエがパルジャ城から忽然《こつぜん》と姿を消した、という報が、イアソンのもとに届いたのと、彼の旗を掲げたテントにリディエが入ったのは、ほとんど同時であった。

南ガラエル荘の西側にある、陣のまっただ中である。

黒いフードを被ったリディエが「ごきげんよう」と挨拶した途端、イアソンは持っていた書類を取り落としていた。

「アンタ、なにやって——いや、なにを……しておいでですか」

イアソンの呆《あき》れ顔に、リディエは「ごめんなさい」と素直に謝った。

総督府への、世の評価が定まろうかという大事な時期だ。総督自らが城に混乱を招くなど言語道断。言われるまでもない。

テントの中にいた、王国軍の将官が一礼して出ていく。

ちらりと上を見れば、聞いていた通り、穴の向こうに空が見える。パルジャ城にあった状態のよいテントは、ヴァシルが食料と一緒に持っていってしまったそうだ。

ひとひら、雪が中に入ってくる。

古めかしいテントの中で二人きりになってから、リディエは言った。

「ヴァシルに手紙を書いたの。半月前の話よ」

「……まさか、それでヴァシルが動いたとでも言うつもりですか?」

ため息をつきつつ、イアソンは落とした書類を拾う。

「わからない。でも、そうだったとしたら――すぐそこの、廃墟《はいきょ》になった小神殿にヴァシルが来るわ。二千の兵を見捨てて、一人で」

リディエは、テーブルの上の地図を見て、トン、と小神殿の跡を指さした。

ガラエル領がノーツェ領に飲み込まれた段階で、ガラエル領の小神殿は破壊されている。リディエが指定したのは、その廃墟だ。

「来い、と貴女が誘ったんですか」

「そう。――私、わかったのよ。女に養われて、殴って、最後は殺す男は皆同じ。待ってるの。彼ら――待ってるのよ。殴った相手が、自分を助けてくれるのを」

「待ってください。落ち着いて」

「ヴァシルは、私を待ってる」

イアソンは腕を組み、苦い顔で地図を見ている。

態度でわかる。リディエがまともな状態ではないと思っているのだろう。

「リディエ様。貴女がすべきは、今すぐパルジャ城に戻ることだけです。北部総督として、勝利の報せを受け取ればいい。──貴女はもう、残虐公から逃げ回る亡領の公女じゃないんです。青い旗の下で、北部の未来を担《にな》う導き手だ。貴女にしかできない」

「センテ港付近の漁村から大陸へ逃がす、と伝えたわ。ジョイと一緒に。押収品の一部も渡すって」

「リディエ様」

少しかがんだイアソンが、リディエの肩に両手を置いた。

黒い瞳が、リディエを見つめている。

怒っているのではない。深く案じているのだろう。

「ソロスが、廃神殿で兵を五十人連れて待機している。約束の日は、今日の夕方なの。ヴァシルは、ちゃんと約束に間にあうように軍を動かした。可能性はあるわ」

「聞いてください。静かの森で仲間を失い、死に損なったオレの心を救ったのは、貴女だ。貴女の語る未来は、美しかった。──見たいと思ったんです。貴女を守り、助け、新しい北部の行く末を見届けたい。今も心からそう思っています。我々が宮殿にいた頃、スキュイラ様の計画を、誰しも夢物語だと思っていた。だが、今は違う。貴女は、北部に必要な人だ」

教え諭《さと》すように、イアソンは言う。

「ヴァシルを殺さなければ、また奪われるわ」

話が通じない、と思ったのか、イアソンの表情には苛立ちが混じる。

「どこの世界に、崖から突き落とした相手の助けを期待する男がいるんです？　家族まで拷問の末に殺している。逆に貴女を――いや、廃神殿にソロス様がおいでなら、まずその五十人が危ない。すぐに撤退させます」

「来るわ。一人で」

ヴァシルは、来る。

リディエには確信があった。

もう間違いはしない。はっきりと、ヴァシルの思考の道が見えている。

「……わかりました。来るかもしれない、という前提で兵を動かします。貴女は――」

「明日、ヴァシルの死体を見届けてから帰る。大丈夫よ。ちゃんと城には置き手紙をしてきたから。ウラドは怒ってると思うけど」

それを言うならば、自分も怒ってはいる、とイアソンの顔が言っている。

――だが、その眉間の辺りに諦《あきら》めが見えた。

「あとは、オレに任せて休んでください。立派な寝床は用意できませんが、野宿よりはマシでしょう」

「ありがとう。――これきりにする。立場にあわない行いは、もう二度としない」

「当たり前です。貴女のいない世では、生きる甲斐《かい》がない」

イアソンは、彼らしからぬ言葉を残し、テントを出ていった。

——待っている。

リディエには、確信がある。

「来るわ。必ず」

一人テントに残ったリディエは、そう小さく呟《つぶや》いた。

城の女官に養われていた男は、女を絞め殺したあとも、牢の中で女を待っていた。飯はまだか。酒をよこせ。さっさとここから出してくれ。

モナの最初の夫も、妻を殴ったあと、扉に手をかけたまま待っていたそうだ。待って、行かないで、私が悪かったわ、と妻が言うのを。

——ヴァシルは、リディエを待っている。

必ず、ヴァシルは来る。来て——絶望するだろう。

地図を見つめたまま、リディエはその瞬間を待ちわびていた。


人の目にどう映ろうと、リディエにとっては起こるべくして、事は起きた。

翌朝。二月二日のことである。

廃神殿にはうっすらと雪が積もり、炭になった書類棚のあとも淡く白い。破壊された塀は欠けており、門はかろうじて形をとどめる程度である。

法の神の石像は、割れて転げたまま。目の辺りの欠片《かけら》がこちらを見ていた。

門の上へ続く階段を、リディエは上がっていく。

踊り場まで来て、足を止める。欠けた壁から少し首を傾げて見れば、吊られた軀《むくろ》がそこにあった。

「ヴァシル様」

いつもパルジャ城から呼びかける時、ヴァシルはキルシュテ城にいた。

今日は違う。目の前にいる。だから、呼びかける声は、自然と口から発せられた。

「やっと終わりました。——お気づきにならないのではないかと、心配しておりましたのよ？　せっかく黒鷹の遺産を使ったのに、貴方様にとどめを刺せないようでは、父にあわせる顔がありませんから。あぁ、本当によかった。私が来ると思いました？　貴方を助けるために、私がのこのこ、ここまで一人で来るとでも？　ご存じないかもしれませんが、私、それほどバカではないのですよ」

吊るされたヴァシルは、揺らぐだけで返事はない。

当たり前だ。首にこれだけ縄が食い込んで、人が生きていられるはずもなかった。

朝の明るい陽射しが、眩《まぶ》しいほどに東向きの門を照らしていた。

悪魔を葬るには、ちょうどいい。

杭はないが、矢はいくつも刺さっている。

「私、何度も夢で見ます。私、どうすればよかったのでしょう？　どうすれば家族は酷《むご》い死に方をせずに済んだのでしょう？　どうすれば静かの森で、極北の仲間たちを救えたのでしょうか。……わかりません。夢の中で懸命に考えるのですけれど、正解が見つからないのです。いくら考えても、わからない。——わからないんです、ヴァシル様」

いつ、どこで、なにを自分は間違えてしまったのか。

頭の中で何度繰り返しても、ヴァシルは家族と仲間を殺してしまう。

いつも守れない。自分自身さえも。何度も、何度も夢で殺されかけている。

「貴方の口づけを受け入れていれば、違いましたか？　——でも、それではヴァシル様に父の遺産を差し出すことになります。それはできません。でも、私が従順であったとしても、道は違わないように思えるのです。やはり貴方は、私に腹を立て、憎んでいたでしょう。今とて貴方を逃がしても、逆に私を恨み、罵《のの》り、踏みつけたに違いありません。……お気の毒なヴァシル様。私は、貴方に死んでほしくなかった。それが、なぜ、こんなことになったのか。わかりません」

カァ、カァ、とカラスが鳴いている。死肉を狙っているのだろう。

「それでも、一つだけわかります。私は、ヴァシル様の思い通りには決してならない。口づけも受けません。遺産も差し出しません。愛人にもなりません。子供も渡さない。そして——貴方に生き延びる道も示さない」

ふふ、とリディエは小さく笑った。

——最後に貴方が見た空が、絶望にまみれていればいい。

その一言は、口にはしなかった。

階段を上がってくる足音が、聞こえてきたからだ。

「リディエ様。こちらにおいででしたか」

そこに、ウラドがいる。

「ごきげんよう。今日はいい日ね」

「左様でございますね、我が君。とてもいい日だ。だが、少し冷えますな。そろそろ城に戻りましょう」

勝手にパルジャ城を飛び出した、と小言からはじまるかと思えば、そんな様子はない。

優しい男だが、嘘はあまり上手くないようだ。

こちらが正気かどうか、探っているらしい。肌で感じる。

そっと差し出された手を取り、ゆっくりと階段を下りていった。

「……そろそろ、下ろして差し上げましょうか。高いところはお嫌いだそうだから」

「王国軍が、ご遺体をウロス家の廟に埋葬するそうです。先ほど、棺《ひつぎ》が到着いたしました。

——ご覧にならない方がよろしいかと」

「見送るわ。私が殺したんだもの」

罠にはめ、誘き出し、殺させた。

リディエが殺したのだ。あの悪魔を。

門の下では、もう軀は下ろされていた。反逆者の軀は、腐り切るまで晒《さら》しておくのが常だが、スキュイラの元夫であるがゆえ配慮されたのだろうか。

「我が君、これは北部総督としてのお役目です。断じて、私の闘争ではございません」

境目が、曖昧になっている。

役目なのか、私怨《しえん》なのか。行きつくところは同じだが、気持ちの整理がつかない。

陽射しは明るいが、雪は続いている。

棺に軀が納められる様を、リディエは見つめていた。

ウラドが止めていたようだが、気にはしなかった。

軀の髪も顔も血まみれで、顔が判別できない。

(本当に、これはヴァシル様なの?)

不意に、疑問が湧いた。

そう思った途端、ヴァシルではない誰かにも思えてくる。

(殺せていないなら——終わらない)

復讐も果たせていない。アランやジョイの危機も去らない。キーラも助けられない。

それでは、前に進めない。

「傷が――」

「どうなさいました？」

リディエは、さらに棺へと近づいた。

棺の周りにいる兵士たちが、戸惑っている。

「傷が、あるはずよ。肩――右肩に。夏に受けた矢傷が。深かったから、まだ残っているわ。三カ月前の段階でも、痛みが残っていた程度の傷が」

「我々がお調べします。――リディエ様を、馬車へ。お疲れだ」

リディエは制止するウラドの手を振り払い、さらにヴァシルの棺に近づく。閉めかけていた蓋《ふた》を、手振りでよけさせる。

傷が――ない。

「傷がないわ。これはヴァシルではない。――ヴァシルは、まだ生きている」

リディエが顔を上げると、多くの人が目に入った。

イアソンのいたテントから、廃神殿まで移動する間の記憶がない。こんなに人が集まっているとは思わなかった。

極北の黒髪の兵士や、王国軍の金の髪の兵士もいる。

人々の表情に浮かぶのは、戸惑いであった。

リディエがなにを言い出したのか、理解できないのだ。

伝えねばならない。真実を知る自分が。リディエは拳を振り上げ、立ち上がる。

「反逆者、ヴァシル・ウロスはまだ生きているわ！　捜して！　あの男が生きている限り、また北部は食い物にされてしまう！　捜索を！　——新たな北部のために、なんとしてもヴァシル・ウロスを捕らえて！」

——このままでは、新しい北部は作れない。

リディエの必死の叫びは、一瞬の静寂のあと、大きな喚声となって返ってきた。

悲劇を背負った美しい娘の怨念が、人々の心を揺さぶったのだ。

哀れだと思っただろうか。痛ましいと思っただろうか。

ノーツェ領解体後の秩序回復を、リディエが担うことに不満を持つ人々は存在していた。小娘に北部総督など務まるか、と侮る者もいた。スキュイラの台頭に眉を顰《ひそ》め、リディエの登用に懐疑的な者もいた。斬新な能力主義を、不愉快に思う者も少なくはなかった。

それらは、今後の北部の足並みを乱す可能性を持った因子であったのだが。

この一幕で、すべてが消え去った。

鬼気迫る訴えは、ウロス家の残虐公の暴虐と、暗愚公の無策を思い出させたのだ。

——ヴァシル・ウロスを捕らえ、殺す。

もはやなんの力も持たないヴァシルの殺害が、北部の秩序回復の必須条件だったかといえば、疑問が残る。彼は暗君ではあったが、暴君ではなかった。横暴であったのは、自身の家族、リディエやその家族、愛人やソロスを含む友人程度のごく狭い範囲である。

それでも、この劇的な一幕が、それらの疑問をかき消してしまった。

――ヴァシルが生きている限り、北部に平和は来ない。

人々は、疲れを忘れてその足で任地へと向かい、粛々《しゅくしゅく》と連絡網を整備し、ヴァシル捜索のために軍を掌握《しょうあく》し、住民たちと交流した。

その緊張感は、あらゆる混乱を許さなかった。

極北旧領主の娘の叫びが、北部を一つにしたのである。

この共通の意識によって、王領から派遣された監督官たちは北部への認識を改める。

ヴァシルを許さない、という気概は、北部への再評価につながり、それはそのままスキュイラの功績となった。

終幕

極北の、短い夏が終わりに近づいている。

汗ばむ日もないわけではないが、朝晩はどうにも肌寒い。これでは、年中毛皮を着こみたくもなるだろう。髪の色に近い、蜜柑《みかん》色の狐《きつね》の毛皮は、北部総督からの贈り物だ。寒そうで見ていられない、とのことだった。

そうして髪を伸ばし、春に毛皮をまとった自分は、王都の人間の目には、すっかり北部の人間に見えるだろう、とウラドは思う。

馬を駆り、三日月湖に向かう。北部の良馬とイアソンの投げやりな指導のお陰《かげ》で、乗馬の腕も上がった。イアソンの評によれば、五歳児程度にはなったとのことだ。

人影が見えてきた。敷物の上に、男と、赤子がいる。

赤子は、エクィル公子が遺したアランだ。

今は、寝そべったイアソンの身体《からだ》を背もたれにして、なにやら木の玩具で遊んでいる。

近くで走り回っているのは、ヨハンとジョイ。もう一人は、モガーラが見つけだしてきた、リディエの末の弟のスピロだ。六歳になる。寒村で匿《かくま》われていたそうで、今はリディエが養育している。

（すっかり父親気取りじゃないか、まったく）

多少、面白くない思いはある。

ヨハンとジョイは、パルジャ城のすぐ西隣にある小城に住んでいる。父親のソロス・ダミアンがそこの城主になったからだ。もっとキルシュテ城の近くを望むものと思っていたので、意外なことであり――かつ、まだリディエを狙《ねら》っているのは予想通りでもあった。

時折、ヨハンとジョイは、パルジャ城を訪ねてくる。

すると、どれほど多忙であっても、イアソンは時間を作って湖に連れていくのだ。

ヨハンとジョイが、こちらに気づいて大きく手を振る。

スピロも続き、アランまで、小さな腕でそれを真似《まね》ていた。

「ご機嫌よう、スピロ様、ヨハン様。ジョイ様。――リディエ様は、どちらに？」

子供たちより先に、イアソンが「湖畔《こはん》にいらっしゃる」と答える。

またか、と思ったが、口には出さない。

時折、そんなことがある。

激務の合間を縫《ぬ》って、一人になりたい、と言って三日月湖に向かうのだ。

そろそろ昼寝の時間だと言って、乳母《うば》がアランを抱えて馬車に戻っていく。スピロ、ヨハンとジョイも、そのあとを追った。

「……オレの育った神殿の横に、牧があって、孤児たちはそこで働きながら育った。……そういう生き方がしたかったんだと思う。よき領主に仕え、子供を育てる。夢が叶った」

「まぁ、そうだな。私も、王宮で書類を処理するだけで終わりたくなかった。新天地で名を残し、私だけの墓碑《ぼひ》を求めていた。……夢は叶ったな」

子供たちの乗った馬車を見送り、イアソンは小さなため息をついた。

「リディエ様もそうだといいが」

「叶っただろう。故郷に帰り、ガラエルを治めるのが夢だったはずだ。ガラエルどころか、北部全土を治めることにはなったが」

「……アンタ、見たのか？　肩の傷を。オレはその場にいなかったから、そもそもヴァシル様の軀《むくろ》を見ていない。確かめようにも、もう焼かれてしまっていた」

この会話をイアソンとするのは、はじめてだ。

半年以上時間がかかったのは、互いにこの話題自体を避けていたからである。

「見たさ。あの時、私はリディエ様のすぐ横にいたからな」

「それで？　傷は？」

「あった。右肩に、新しくはない傷が。だが、他にも傷はあったからな。確かなことは言えない。ただ、少なくとも、傷はないとリディエ様がおっしゃった時は、恐ろしかったよ。

現実を受け入れられず、正気を失われたのではないかとな」

「……では、嘘《うそ》をついたというのか。そんなに器用な方じゃない」

「嘘なのか、作戦なのか、私にはわからんよ。実際、ヴァシル様の捜索で北部は、魔法のように一致団結して、あっという間に秩序を取り戻した。関所間の連絡も、一年かかると思ったのに、もうすっかり整ってる。皆が黙った。わざとなら、稀代《きたい》の役者だ」

あの瞬間、あの場で、人々の心は一つになった。

そもそもの話をすれば、リディエの言は矛盾《むじゅん》している。仇《かたき》を討ってもなにも変わらない。土地を耕し、種を蒔《ま》こう。――そう人々の前で言った人が、ヴァシル打倒こそが北部再興に不可欠だ、と叫んだのだから。

ヴァシル程度の小物が死んだだけで、新しい北部がはじまるわけがない。

それらはすべて、スキュイラとリディエとが、切り拓《ひら》き、創《つく》り出したものだ。

だが、その場にいたウラドは、リディエの口からこぼれた生々しい復讐《ふくしゅう》の誓いに心揺さぶられていた。もとより北部に骨を埋める覚悟はあったが、この時、墓石に刻まれる言葉までが決したように思われた。北部のため、リディエのため、命を捧《ささ》げた男、と。

高潔な娘が拳《こぶし》を振り上げて示す未来は、輝いて見えた。

美しかった。神々しいまでに。

外套《がいとう》からのぞく、青のコタルディの鮮やかさに、思ったものだ。後世の画家は、きっとこの様を描くだろう、と。

そうして、多くの流血が予想されたヴァシルの無謀《むぼう》な軍事行動は、本人の血を流したのみで終了した。どこか神話めいた出来事は、北部総督の評価を内外に高めたのである。

「わざとじゃなければ、なんだと言うんだ」

「お気の毒だが、心を病んでおられる」

ウラドの言葉に、イアソンは眉を険しく寄せた。

心の病も、様々だ。

人の目にも明らかなものもあれば、一見してわからない病み方もある。

リディエは、ヴァシルを殺す以前から、不安定な様子を見せていた。ヴァシルを憎いと思いながら、涙を見せる。ウラドには理解できない。それはまるで、はじめての恋に破れた少女のようであった。

「お元気そうに見えるが……口数も増えた。仕事も滞《とどこお》りなく行っておられる」

「ヴァシル様に関することだけ、なんというか……境界が、曖昧《あいまい》になっている。あの湖は、ヴァシル様が帰れたら来たいと言っていたんだそうだ。――待っておられるのだろう」

「いずれ目が覚める。お気づきになるはずだ」

廃神殿での戦い以降、リディエはよく笑うようになった。

ラーベル宮殿で、いつも憂《うれ》いを背負っていた様子とはまったく違っている。よく喋《しゃべ》り、よく笑い、冗談も言う。政治的判断は早く、スキュイラとの連携も見事なものだ。実の姉妹でも、これほど気はあわないだろう。

北部総督としては、申し分ない働きぶりである。完璧だ、とさえ言っていい。――湖にいる時以外は。

「お知らせにあがったのだが……言いにくいな」

「なんだ。求婚でもする気か？」

「私は、夫よりも重要な、無二の存在だ。リディエ様の求める形で、生涯お傍《そば》にいられればそれでいい。それが私の愛の示し方だ。――求婚は、いずれするがな」

「油断ならん男だな、アンタも」

イアソンの顔が、一気に不機嫌になる。この話題になると、いつもこうだ。

「お前だって求婚したんだろう。夫よりも、右腕でありたい、など言っておきながら、油断ならんのはどちらだ。スキュイラ様はどうなった？」

ますます、イアソンの機嫌は悪くなった。黒い眉が寄っている。

「……スキュイラ様は尊敬しているが、妻にしたいと思ったことなど一度もない。ご健勝を遠くで祈るだけだ。そんなことより、アンタの報告というのはなんだ？」

「それがな……キーラ様が孕《はら》んでいるらしい。それも、臨月だ」

キルシュテ城にいたヴァシル の愛人たちは、王国軍に保護されていた。城下に家族のいる愛人たちは家族のもとに帰ったそうだが、キーラだけが一人残っていた。

キーラは、リディエと親しかった女官だ。顔も知っている。だからこそ、その変化を痛ましく感じた。ほとんど正気を失っていたからだ。

キーラは、スキュイラが保護していた家族と共に、パルジャ城近くの民家に移った。最近は、多少落ち着いている、と聞いていたが——手足は枝のように痩《や》せている割に、腹だけが出ていると、家族が妊娠に気づき、先ほど報《しら》せが来た。

「孕んでいる？　今更……それが王都に知れたら事だぞ。宰相《さいしょう》はもう墓の中だ」

キルシュテ城陥落《かんらく》後、王都で一つの問題が浮上した。

種なし、というエクィルの発言が、真実か否《いな》か。そして、縁談を強引に進めた宰相はそれを知っていたのか、否か。

生殖能力の欠如を知った上で縁談を進めたならば、国に対する背信行為だ。

憎き政敵の隙《すき》を、スキュイラは逃がさなかった。キルシュテ城の関係者への捜査を徹底的に行い、ついには真相をつきとめた。父と兄二人の妻やら愛人やらを寝取ったヴァシルは、兄から制裁を受けていた。少なくとも、父の残虐公や、兄の公子たちはヴァシルの肉体上の問題を把握《はあく》していたのである。動機は、ヴァシルへの報復と、スキュイラの北部介入への意趣返しと断じられた。

隠していたのは、残虐公か、宰相か。

スキュイラは様々な証拠を揃《そろ》え、宰相を反逆罪として処刑してしまった。

神殿はやや遅れて、スキュイラとヴァシルの婚姻《こんいん》自体が無効である、と判断した。

「医者にも聞いたが、術が粗《あら》く、不十分な場合には起こり得るらしい。ごく稀《まれ》であるのは事実だ。宰相の首はどちらにせよ落ちていただろう」

「スキュイラ様の立太子の儀は済んでいる。多少の悪評では、お立場は揺らがんだろう。……だが、心配だな。今のキーラ様では、出産は難しいだろう」

「キーラ様も心配だが……リディエ様も心配だ」

戦後処理のために滞在したキルシュテ城で、ウラドが急ぎ調べた件がもう一つある。

ヴァシルがソロスに書かせた、リディエとの婚姻の誓約書の在処《ありか》だ。

キルシュテ城内の小神殿に当たったが、誓約書は提出されていなかった。

首を傾《かし》げていたところ、ヴァシルの書斎の棚の中から発見された。

提出をし忘れたのか、あえて手元に置いたのか。

ウラドにはわからない。死んだ男の思いなど、知る由《よし》もなかった。

「強い方だ。……いずれ、乗り越えていかれるだろう。オレは信じている」

イアソンは、湖の方を見て言った。

彼は、四年前のパルジャ城の落城前夜に、美しい領主の娘にすがられたそうだ。どうか助けて、と。だが、十五歳の少年騎士になにができただろう。後悔は、いつまでも残っていたそうだ。「あの美しい方を、今度こそ守りたいと思っている」といつぞや酒に酔った時に、健気なことを言っていた。

強さを信じ、かつ傍で守り続ける。それが彼なりの愛の示し方なのかもしれない。

「そうだな。それまでお支えするのが、我らの仕事だ。——さて、お迎えに行くか。私が一人で行く。お前は先に帰ってろ」

「アンタこそ下がってろ。もう慣れた。オレが行く」

「私だって……いや、一緒に行くとしよう。お前はリディエ様の右腕だからな」

「そうだな。アンタも優秀な副官だ。いてもらわなくては困る」

この湖にいる時だけ、リディエの心の境界が曖昧になる。

——ヴァシルを待っているのだ。

そこから現実に引き戻すのは、いつも二人のどちらかの役目であった。

彼らはその役目を、生涯にわたって忠実に行っている。

神歴八九七年末にはじまるスキュイラ一世の治世を、のちの人は、青の時代、あるいは青薔薇《ばら》の栄光、と呼び、その評価は古今を問わず高い。

女王の治世は、ルナヴィア史上最長の四十五年に及び、離宮での余生においても権威を保ったことから、実質的な年数は六十余年と数えられている。この間、女王は内乱、対外戦争ともに許さず、平和を保ち、国力を安定させた。

この青の時代を支えた政治家の筆頭として挙げられるのが、リディエ・カイエンだ。ガラエル領主と北部総督を兼ね、活動時期はスキュイラ一世とぴたりと重なる。女王とは姉よ、妹よ、と呼びあう仲であったという。戯《たわむ》れに、夫よ、妻よ、と書かれた書簡まであるほどに、親しかったようだ。年に一度、欠かさず王宮で茶会を開いていたことも知られ、多くの絵画にその様子が残されている。

その信頼を象徴するように、北部総督府の旗には、青い薔薇と鷹《たか》が描かれている。

彼女はスキュイラ一世と共に、鮮やかな青いコタルディを好んで着ていたため、青の女公、と呼ばれることが多い。戦《いくさ》を許さず、北部の発展に人生を捧げた。今でも、寒冷地に適した農作物の多くには、リディエの名や、青、を冠したものが残っており、その功績の大きさを物語っている。

彼女たちより後の時代、ルナヴィア王国には度々女性の為政者が登場した。だが、彼女たちの多くは治世を十年以上保つことができていない。ほとんどが何度目かの出産の前後で世を去った。女性君主が立つのは、男子の不足が主な理由である。そうして、女性君主の出産は急務であり、義務となるのだ。

青の時代を創った二人の長命の理由は、生涯独身を貫き、出産をしなかったためだ、という者もある。もちろん、他の理由もあることを前提としてだが。

彼女たちは、自《みずか》らが教育をした後継者たちを選び、適所に配し、争いを許さなかった。

その後、類型が世界にないところを見ると、この姉妹のような二人がいた時代に特別な名がつくのも無理からぬことであったのかもしれない。互いの存在が、互いを助けあい、その様は馬車の両輪にたとえられた。

——挫折《ざせつ》や、失敗。そして少しだけそれらを上回る成功に恵まれ、リディエ・カイエンの人生はおおよそ順調に進んでいった。その前半生の過酷さが嘘《うそ》のように。

ただ、その最期《さいご》において、小さな誤算があった。

——赤い薔薇だけは墓に供えないで。

と言い残そうとしたところ、途中で息を引き取ってしまった。

当時の——リディエの波乱に満ちた前半生を知る者は、長命の宿命で誰もいない。

そもそもヴァシルの名さえも、この頃は忘れられている。

余程お好きであったのだろう、と判断した周囲の者は、薔薇を棺《ひつぎ》に納め、墓石に薔薇を一輪刻んでしまった。

誤算であったろう。

自身の死後の世をいかに保つか、後継に細かい訓示を遺した人とは思えない。あるいは、私事を後回しにした分、彼女らしいと言えなくもないが。

青の女公は、信頼に足る後継者たちに見送られ、北部を支えた忠臣が待つ地に、今も眠っている。大いなる栄光と、小さな誤算と共に。

——さて。


「リディエ様！」

その青の時代の立役者は、今、ぼんやりと湖を見つめている
白い雪を頂く山々が、美しく湖に映っていた。

呼ばれて振り向けば、そこには忠実なる騎士と、有能な副官がいる。

将来、総督の忠臣として墓石が隣同士になる仲だが、当然、当人たちは知らない。

「——今日は、来なかったの」

ぽつり、とリディエが言えば、二人は曖昧に相づちを打つ。

ウラドが手を差し出し、リディエはその手を取った。

「では、今日はゆっくり眠れますな。いいことです。さ、城に戻ってお茶にしましょう」

「そうね。そうするわ」

逆の方向から、イアソンが手を差し出してくる。

二人がかりでエスコートとは、おかしな格好だ。リディエは笑いながらその手を取った。

「明日は子供たちを林檎邸《りんごてい》に連れて行きます。リディエ様もご一緒にいかがですか？」

「いいわね——あら？」

リディエが、足を止めて湖の方を振り返る。

湖畔に、涼やかな風が渡っていく。

誰か、人の姿があったような気がしたのだが。

「どうなさいました?」

そこには、誰もいない。――いるはずがない。

あの悪魔の右肩に、傷はあったのだから。

「いいえ、なんでもないわ。――さ、行きましょう」

今日もガラエルの風は清らかだ。

他の何物にも代えがたい、故郷の風。

リディエは目を細め、目の前に広がる景色の美しさに、笑みを浮かべた。

※この作品はフィクションです。実在の人物・団体・事件などにはいっさい関係ありません。

集英社オレンジ文庫をお買い上げいただき、ありがとうございます。
ご意見・ご感想をお待ちしております。

● あて先
〒101-8050　東京都千代田区一ツ橋2-5-10
集英社オレンジ文庫編集部 気付
喜咲冬子先生

集英社
オレンジ文庫

青の女公

2021年11月24日　第1刷発行
2021年12月14日　第2刷発行

著　者　喜咲冬子
発行者　北畠輝幸
発行所　株式会社集英社
〒101-8050東京都千代田区一ツ橋2-5-10
電話【編集部】03-3230-6352
【読者係】03-3230-6080
【販売部】03-3230-6393（書店専用）
印刷所　株式会社美松堂／中央精版印刷株式会社

ISBN 978-4-08-680419-6 C0193

集英社オレンジ文庫

せひらあやみ

双子騎士物語

四《しの》花《はな》雨《さめ》と飛竜舞う空

大悪魔に故郷も家族も自分の顔さえも
奪われた少女騎士フィア。
双子の兄が受継ぐはずだった竜骨剣を背に、
大悪魔討伐のため、そして自分自身を
取り戻すために夏追いの旅に出る——!